中国少数民族文学发展工程
出版扶持专项丛书

撒玛尔罕长诗选

（撒拉族）韩文德／著

作家出版社

韩文德　笔名撒玛尔罕，撒拉族，1968年生，青海省循化县人，中国作家协会会员。在《中国作家》《诗刊》《民族文学》《诗选刊》等国内外报刊发表诗歌千余首，出版诗集《撒玛尔罕的鹰》《时间两侧的颂辞》《清水微澜》《孤独与花园》等六部，主编《新时期中国少数民族文学作品选集·撒拉族卷》，作品入选各种诗歌选本50多种。获青海省政府第六届文艺创作奖、《青海湖》文学奖等奖项十余种。

作者近照

目 录

认领血缘的诗意连祷（代序）

——撒拉族诗人韩文德长诗释读

孙　谦

青海——由于诗人昌耀的存在和海子诗灵的魂牵梦绕，而成为中国现代诗歌的巅峰之地，生于斯长于斯的诗歌写作者时刻笼罩在大诗人的光环之下，在这个特定的生活空间里，人文相互浸渗的氛围中得到某种天然滋养。但其负面的影响也是显而易见的，如若一位诗人没有坚定稳固的诗性根基，没有自己汩汩不息柔韧的源头，便很容易被大诗人的光环消泯、湮灭于无地。所幸的是，青海所处的中国地域生态的高端，以及多民族、多宗教的人文生态的多元，为诗歌在此地域之内先天孕育了具有意义的差异性的可感知和言说的开敞性空间。当然，青海的诗歌写作者也不负众望地勾勒出了当地诗歌多面向的态势，并随着历史视觉和听觉的转换，而产生出一拨又一拨个性鲜明的诗人，影响着我们，影响着世界。撒拉族诗人韩文德就是其中的佼佼者。

撒拉族是中国少数民族中一个信仰伊斯兰教的较小族群，撒拉语是糅合了中亚语言、青海方言、汉语书面语和中国穆斯林经堂语的一种混杂的语言。韩文德的诗歌与他自身的信仰体验密切相关，即一种特殊的经验事实在诗歌语言中保持的一种张力，即使自己身份属性变得具体而明晰，也使他的诗歌文本找到了一种相对的纯粹性。这部长诗选所收的四首长诗所呈现的伊斯兰式的崇高的激情，开阔的视野，对于启示的坦诚率性的管窥、理解，以及在高蹈之中朝向未名境界的睿智，为我们提供了一种区别于流俗的持心自守。

韩文德对阿拉伯诗人阿多尼斯情有独钟，他在长诗《孤独与花园》中反弹了阿多尼斯的金属之音。《孤独与花园》不仅诗名叠合于阿多尼斯的《我的孤独是一座花园》，而且在十九节诗中除六、九、十四节外，其他诗节都在前端引用了阿多尼斯的诗句。阿多尼斯是那种罕见的以反神话著称的诗人，他的诗歌中不是缺少神学，恰恰是触处都是为反神话服务的神学，“告诉我从未见过天堂的人／是亚当”（引自阿多尼斯《我的孤独是一座花园》）便可见一斑。借助于心领神会的阿拉伯文化，韩文德深化了阿多尼斯的孤独之主题，并在其上延伸自己的诗思，却是为了构建他的崇仰之神学。语言就是生活，诗歌就是活的语言，人作为交互的存在始终离不开语言。在阿多尼斯的诗意空间，韩文德找到了引入自己生存经验的可能。在此空间，他拓展自己的语言，在相遇和交流的敞开对话中，他将言述的意绪和诗思导入相互牵绊的深度联想。在此空间，在一个诗人的语言触及另一个诗人语言时，它超越了崇敬，而独立思考一个决定性的存在，一个无从回避的维度——诗歌所遭逢的信仰中的神性，这也是我们进入韩文德诗歌的密码。

神性在我之中——是韩文德维系语言底基的一种前提，因为它在生活的时时处处都已显明或潜在地给定了，这种说法天经地义。韩文德不仅出生成长在一个传统的穆斯林家庭，耳濡目染的家庭和社会氛围如此内在地熏陶、渗透他，并深深地决定了他的心态和体验方式。更深远的是，撒拉族的伊斯兰信仰是源自血液的——这一点以八百年前撒拉民族东迁时宁可丢弃故园，而不愿放弃信仰的《古兰经》为证。“只有血才能融入血中 / 身体才能在身体里沐浴光泽 / 接受初血的典仪。”他的诗歌语言方式便足以说明这一基本的人类学事实。但如果仅仅依此去理解韩文德宗教特征显明的诗歌，显然是狭隘和片面的，因为他的诗歌中确实存在着大量的社会意义的关联，而具有普世价值。赞颂与贬斥，焦虑与期待，迹象与超验，现实与终极，涉及神学意义上的载体，也自然与现代世界有着扯不断理还乱的关系。

孤独与花园的组合，从字面意义上看是朝向一个幽深静谧的所在，或者就是天堂的境界。但身体的书写总是无从脱离尘土，冷雨和烈焰所制作的无以计数的繁异事物。“我始终惊愕于这种叙述 / 母语的水是天空飘洒的雨 / 身体的火是至高者排列时空的秩序。”母语和至高者在韩文德的作品里一直是交互关联的状态，是它前定了激情喷涌的思和水与火的象征。象征是历史经验的形象化浓缩，也具有本源的含义。韩文德的历史经验和本源无疑起自于伊斯兰信仰，信仰作为形式动因，推动了他的认识与理解能力。在这种复合关系下，依附终极意向为世事赋有的生机以形式表现，其中必然反映着他自己的形象——尘世扰攘与天堂宁静的纠结。“我是祈祷者。诗人，父亲和儿子 / 心灵的右侧是光明 / 心灵的左侧是黑暗 / 至高者的大地处处是魔鬼的影子。”陈述多重身份，多个面相的存在，以及如此追溯本源的思考在韩文德的诗中比比皆是。

而多向度的审视和思辨亦无处不在，“是祈祷中的额首之花／静默中的咳嗽之声／最初的黑暗中诞生的翅膀／最终的光明中毁灭的赞辞”这里两组大异其趣的对称诗句，实际上在告诉我们任何感性的东西都是统一的，那么它所显示的一体两面的征候，含纳着高贵与卑微，光明与黯淡的同在，乃是至高者演化世事万物的大能之所在。在相对的现实中把握相对差别和悖谬，既可令诗意的辩证法适配于信仰的属性，也广延诗歌自身的含义和内在张力。

《孤独与花园》以众多神学性的词汇如天堂、火狱、至高者、祈祷者、诵经者、圣殿、魔鬼、祷词、朝向、焰父、跪姿、证词、启示、希拉里洞内的宣读、恩泽、使者、盟誓、临近、真言书写的笔画、至高者把一口气吹向泥土、我作证等营造了诗歌浓郁的伊斯兰神学氛围，其他几首长诗亦被此种语境所支配，冷峻的思与炽热的情转化为承担责任的反省，似乎，是他必须正视的朝向信念的表达主题。

长诗《祈祷词》让我倏然想到归于同一命名下的里尔克的早期诗作，《秋日》便是其中耳熟能详的一首“没有房子的人，别再给自己造房啦。/孤独生活的人，将会长守孤独，熬夜，阅读，写长信。/在林荫道上徘徊/复徘徊，当树叶摇荡时”。(引自里尔克《秋日》)诗中起首句中的“主啊”透露了《祈祷词》整体向神的意向，也正是有了这个起点，里尔克实践了神与人生的全然融合。韩文德的《祈祷词》自有他的用意，在此我们碰上了实际处境的神学关联域，诗歌构成之于人的生活方式在宗教信仰上的深层维度的牵缠。如果说《孤独与花园》是凝思之作，那么《祈祷词》则是倾情之作，是诗人在身体的功课中表达出来的基本处境。一首诗以一个斋月的二十九天的祈祷，来演绎信仰者人生的本义。向上的路即是向下的路，穆斯林以求道称谓自己的功修，念、礼、斋、课、朝五大功修就是从身体中打开自己。道，向着天堂的道就在身体的功修之中。斋月这种需要知感的时间，在祈祷中被活化，且被诗人开拓为自己的活的语言空间，它当然有信仰理念之解读，也有具体境遇之陈说。“星光闪动着翅膀落在我的右肩／告诉我：大地将如一颗蛋壳／你的身躯将举证你的罪恶／那深渊的，巨大的，骨头燃烧的火焰／将比刀刃锋利／将比石头坚硬。”这里相关的神学语言，被化解在诗句之中。闪动翅膀的星光象征着天使；大地如蛋壳则象征着被造物的脆弱不堪一击；身体对罪恶的举证，表示每个人的言行都被右肩的天使记录在案；而比刀锋利，比石坚硬的骨头的火焰则是火狱的刑罚。轻盈与沉重，柔软与坚硬，脆弱与锋利，在敬畏、劝诫和归服的信仰语言中被表达得意蕴丰富，它标志着诗人祈祷般独白式语体的基本特征。此类诗句在韩文德的诗篇中俯拾即是。

信仰本身是贵重的，而信仰者却是谦卑的，信仰的教义可以是深奥的，而信仰的实践却必须是平凡的。伊斯兰作为一种众多民族的世界性的信仰，其在各个民族中必然包含着各自不尽相同的风俗习惯。“积石山下连绵不断的村庄／一夜之间宁静了下来／沿着大河两岸／开满绿色的喜悦和幸福”；“一座殿宇回响起三段赞词／一群白冠男齐齐地跪伏不起”。具体地点和祈祷仪式的引入，表明撒拉族设身处地的地界，也是人神相遇、人神共有的地界。一日复一日的斋戒、礼拜，赞颂与冥思，仪式与知感，日程与憬悟，地理与时辰，体验中的宗教伦理与土地伦理的交织、交融，皆化成刻骨铭心的印象。韩文德在诗歌中描述撒拉人生活的元素必然不可或缺，否则的话，诗歌就无异于全然的宗教说辞：“少女发土麦的灶膛里，/于柴烈火爆溅的火星溅在火上/她黑色的长发垂于耳际/一只发情的白猫乘着夜色走过南墙/不厌其烦地叫唤”俚俗比喻的引入，增加了语言的层次和质感。干柴烈火和发情的猫，对于少女爱情萌发的把握朴素而真挚。在斋月的表述中触及这样的情境，是告诉我们伊斯兰是完全入世的宗教，神意是化入生活的方方面面，并没有任何脱离实际生活的信仰存在。

“我惊愕于被造化的结构，创造的原点。还有宇宙的旋律，微小的光子旋律/何等相似。/眼睛与宇宙的线条/皮肤与山川的脉络/何等相似。”灵魂与自身的参悟持续进行，造物主的大化以宇宙整体的方式存在着，诗人审视并思考一些神秘的不可见的感受，并想象着把这一切同时以某种方式呈现在语词中。造物主的沉默是一种基本经验，而虔信者的古老经验就是发现了在祈祷的独白仪式中聆听造物主，使造物主的临近成为可能，就像接入一粒光子那般将造物主接入自己的身体之中。诗人参与被象征者的真实体验，日常生活经验在他的心里升起一个完整的世界，引发了一线光明，一眼充盈的源泉，为不可说的知感给予满足，或者成为丰饶和启明的表露，或者作为审视和质疑的感召。一切人际与神迹的密切关联，以及人与宇宙世界的一种具体而细微的关系，以独特的内涵在诗歌的语境中被深化，箴言般的诗句出现了：“身体的影子是另一个身体的死亡/灵魂的影子是另一个灵魂的诞生”。“你的呼吸里，这种气息离你多远？/谁的呼吸里，这种气息就在侧身之间？”。“有些人活着/却死在别人的影子里/有些人死了/却让别人活在自己的影子下”。充满暗示的语言，弥漫着神学哲思的力感。前面我曾谈到韩文德诗歌中处处弥散着伊斯兰宗教的氛围，这种氛围在《祈祷词》中越发浓郁，比如在此作的第二节中几乎全部诗句都用七来作比附，七在伊斯兰宗教语境中是一个吉祥的数字，因为《古兰经》以七重天的比喻来说明宇宙世界的无穷无尽。而诗人则借用七这个带有神谕的数字，打开多重喻指的界面，令诗意在经验和超验的边界游弋。

韩文德的诗歌真诚率性，联想丰富，灵犀荡漾，世俗真实以宗教体验的想象统摄思路，编织对话，其作品中排比和比兴是一种通常的惯例，在意象勾连或叙述陈说所到之处，无不气韵流畅。这种诗人个人语言特征所流露的实际上是心理征候之所在。特别是水与火的意象相互交集在他的诗歌中醒目地贯穿。其中的水大多都是天堂形象显现的场域，而火却被赋予了极其复杂的样态，火作为地狱形象在伊斯兰教义中始终被醒目地警示着——地狱即火，除了这样反复的表现，韩文德的火似乎还包容了更多维度的东西，它有普罗米修斯之火的献身精神；有酒神情结中物我相忘的快意；亦有凤凰涅槃灵魂再生的觉悟：“火焰般的唇与唇之间的痛疼”；“身体的火是至高者排列时空的秩序”；“火焰是灰烬复燃的快乐”；“让火的焰齿吹皱时间的脸”；“少女发土麦的灶膛里，干柴烈火/爆溅的火星溅在火上”；“从巨大的广场奔向火焰上的桥梁/一闪而过”；“后来一抹夕阳确如血水/洗红了一半的天空”；“来啊，让迸溅火花的斧锤/猛烈地敲击我充满幸福的灵魂”；“那九十九朵玫瑰的心/闪烁着碎光般的光焰”；“哪怕是火焰，梦/身体两侧流淌的音乐”；“当你说出一个灼热的词／秘密就铭刻在脸上”；“火焰般暴虐燃烧／抵达骨髓，抵达心灵根部”；“向着火焰和花园宣礼”；“撒拉尔竟把先祖的火／烧得如此精美……”等等，不一而足。这些极具理想主义色彩的象征、隐喻，表明诗人从不回避渲染和形容，他要用火一般的语言自省和洗礼，以求达到自我净化，乃至净化世界的愿景。所以，它必然也是一种高贵尊严的象征。

《时光折叠的词》是以整饬的五行诗衍生而出的长诗，类似阿拉伯、波斯和突厥诗人中常用的柔巴依（四行诗）的连作。而《东方高地的幻影盛典》则是整合在一个想象的结构之下的长诗。总体上来说与前两首长诗在写法上有异曲同工之妙。仍是那种祈祷般的独白语体，在意绪的导引下，内省的沉思与设身处地的境遇交相融合，山河风貌、土地家园、世态人情、历史风俗皆在叙述与思辨、冥想与审度、直白与修辞中相携而行，其纵深向度和多层维度的展开，时而折射出一脉明丽的时光，时而笼罩着一层幽暗的忧思；时而洞察火狱的生死纠葛，时而盘桓于天堂的际遇；时而徘徊于天高地远的高原风色，时而流连血脉相系的村庄……正是那些普通的、日常的撒拉人的生活构成了他的诗歌写作的主基调，当诗人自己生命形态与自己的族源形态叠加，重合为一体时，诗歌的一个个印象片段所结构的，已经是关于一个民族与一块土地相交融的刻骨铭心的记忆，它真挚而鲜活。而与这个民族、这块土地须臾不可分离的就是伊斯兰信仰，是信仰激活了所有的存在和感觉。神性处于一切事物之中，诗人欲说还休的仪式化的陈说方式，与其生活经历和所处背景共同演绎为朝向信仰本根的回归。由于他的语言在本质形象和精神向度的显明表达，与想象空间交织而成的风格具有很强的辨识度。诗人并不避讳美酒、美女这样的苏菲意识的表述，也不避讳对于邪恶的正视，对于卑微事物的凝注，可见诗人的宗教意识是宽泛、宽容的，是开放的。

韩文德在长诗写作中付诸了不小的心力，当是他内在的底基需要长诗这种尺度来建构。随着他创作的推进，这一首首长诗以时空复应的关系，构成了与诗人内心相互呼应的历史意境。这是诗人从世界诗歌艺术的意蕴和元素中汲取营养，与诗人情怀和宗教信仰深深契合的具体表现，亦传达出诗人内心的丰富和专注的精神求索。他每一首看似独立的长诗，其实都是一首生命大诗中的一个章节。日常生活的境况和际遇附着于语词之中，一种让韩文德着迷的、自由开放的、充满了可能性的即兴自然的语言风格，在激发着他的信仰的表达。行动和语言在他的写作中互动共生，令他的诗歌在热情与冷峻、细腻与粗粝、明朗与沉郁等多重情状中生生不息，绵延流转，衍生为鲜活的存在神态。神学冥想结合诗性思维，令每次创作都是一种独白式的祈祷。

韩文德的长诗都是由一些短诗组合而成，其间并没有严格意义上的故事或叙述，也没有一条必然的逻辑线索牵连，倒是一种意绪、一种气场从陈说本身派生出的一种体量。长诗中的每一节都可以单独成立，但当它们汇聚在一起时，便有效地拓宽了种种时空的广延性，一条小溪便取得了一条大河的量度。他的长诗可以从头到尾顺着来读，也可以倒着从末到头来读，阅读的效果都大致相当。对于韩文德诗歌的结构，我认为它是一种喷泉的形式，由于诗人始终执着的反观自省，与隐秘的激情和神圣的心灵事件生动地联系起来，激发出一种来自称颂之中上升的冲力，在喷涌中高潮迭起，循环往复，因神经之弦的高度紧绷，而显得明丽且险峻。它耸立着一个无形的形式，以全方位感官的感性来缔结神性的诗意所在。我们注意到，韩文德全方位地在汉语诗歌写作中表述伊斯兰文化和信仰，在当前中国诗界是一个新的现象，它表明了穆斯林民族诗人的文化觉醒，他们已经在正视并凝视自己的诗性存在。一些穆斯林诗人创作了一类与汉语现代诗歌相匹配的伊斯兰诗歌，实践着本土伊斯兰文化与当代汉语诗歌的有效对接，为推动伊斯兰文化的本土化和中国现代伊斯兰神学诗学的产生做出了有益的尝试。韩文德诗歌写作的整体态势，当属此类有建树的前沿诗人之一。

现代长诗或史诗的写作，是一个诗人的心灵神话，是人类文明神话的延续。在伊斯兰的理念中，人是被造物主派遣到大地上的代治者，人的生命本身置身于多灾多难的世界上；置身于无始无终的流逝中；更是置身于前生后世巨大的虚无中。人除了要应对世事的转化，更要应对种种境遇中人自身的本性所在和心性流转，人若没有与这个现象世界相匹配的精神世界，没有与精神世界相契合的心灵对话和终极追问，人便无力承担这种代治，亦不配代治者的身份。所幸的是，人类依托于一切想象的精神显现从未中断过，并为文明进程输入了强大的活力。诗与史的结合所形塑的史诗，便是人的精神显现的卓越的典型，这种巨大的精神体量和内质，表明了人的存在与宇宙世界存在的一致性，也表明了人的心灵存在与其所系的造物主存在的一致性。

在古代史诗化成的历程中，中华文明在其幼年期实践了诗与史的分野，从而导致了在几大文明古国中中国史诗的缺席。中华文明史诗的空白被引申为巨大的遗憾，尽管中国的诗歌、哲学、伦理学和历史典籍浩如烟海，但史诗的缺憾如断肱骨。现代以来，自朦胧诗诗人中发轫的现代史诗写作，便是填补中国史诗空白的努力，朦胧诗之后有一拨人在做这个努力，近几年有更多的人在做这个努力。大部头、大体量的作品不断问世，我们看到在这众多的史诗写作中，史诗笔法已发生了巨大的变化，其特征就是：中国现代抒情史诗已从古代史诗叙事的层面，转向了向诗人心理层面的迁移，大多数的文本呈现为想象的思想性的、审视的思辨性的、冥思的纯粹心灵形式的史诗，即以个人生命经历、精神经历介入到文化本根、文化原型在当下文化生态中的思考，以彰显存在，砥砺文明进程。由此，长诗、史诗写作者便在其文本的构成中处于一种临界的状态，诗人的人格形象亦由此凸显。

对于一个诗人来说，长诗、史诗的创作既是机缘巧合，也与诗人自己的不懈追求关系密切。长诗、史诗在表述时代时，总会在有意无意中衔接或叠加逝者、先贤的声音和音质，引发种种意想不到的回响，它或者会是超拔的。近年来，在撒拉族诗人中产生了多位写作长诗乃至史诗的诗人如马丁、韩文德等，充分显示了这个民族文化的时空强度和韧性。长诗写作是撒拉族诗人的传统。这是由其尴尬的文化处境决定的：撒拉族虽然有着丰富多彩的口头文学，但在另一方面的缺憾是，既缺乏有关民族的系统的历史文献资料，必然影响到人们对于这个民族更深层次的了解；又没有产生诸如长篇小说或影视作品等叙事性载体的发掘与演绎，从而再现其丰富而神秘的魅力。就在这样的背景中，诗歌站了出来，并逐渐担当起这一职能。他们以各自不同的长诗展开了对民族历史、生命家园、精神历程的现代诗歌叙事，从诗意层面开掘并再现着撒拉族神秘苍茫的人文历史风景。

但是纵观这些长诗、史诗没有一部是以线性的时间观来追忆民族迁徙成长的历史、歌颂民族英雄的作品，而更多的是从多维的视角发掘和发现民族生成的深层精神元素，有些像在漫长孤独的旅途或跋涉中自言自语的独白，但这自言自语也是审视并思考人类整体命运的一个参照。即我从哪里来？要往哪里去？我如何在自己的思想和言辞中与神相遇？它甚至超出了诗篇之外，在灵魂与自身持续进行的独白中形成一种生命仪式的连祷，一种寻求指教和求证的向神的祈求。也可以说，这些作品记述着撒拉民族的心灵史。在伊斯兰文明普遍被诋毁，很多人对此避之不及的现状下，韩文德毅然坚持以诗歌的方式公开宣扬伊斯兰向善的本质，不能不令人敬佩。作为诗人所追求的最大价值和终极意义，韩文德的诗歌当属在信仰的高度上对崇高的美和人生命运的礼赞，且借此展开内心世界的不懈探索；其志在为撒拉族屹立于世界民族之林而歌诗。

诗歌在某种程度上是不可言说的言说，而诗歌的方式，在某种程度上类似于灵修者在永恒期待之中聆听的方式。祈祷为向充满现象的内涵，向不可见的真实，向超然于理智的存在作出一种表白，一种显示，这种存在或者是真主，或者是佛，也或者是上帝。青海正是一片适合于这样谋求片思、映照神性的土地。昌耀和海子知感了！韩文德们知感了！后来的青海诗人们也必将在此知感中相遇！

2017年7月中初稿于宝鸡

8月9日收定于成都洗面桥

孤独与花园[①]

一

“真理养了一只鸟
一起飞就会滴血”

必须得起飞
哪怕血滴入了翅膀
哪怕翅膀擦伤了眼睛
哪怕眼睛被焚烧
必须得起飞
哪怕血融入了石头
哪怕石头砸碎了骨头
哪怕骨头被吞噬
必须得起飞
哪怕血绽开了花朵
哪怕花朵抵达了天堂
哪怕天堂被采撷

① 诗中引号内的诗句均引自叙利亚诗人阿多尼斯诗集《我的孤独是一座花园》。

那也是至高者的启示

必须得起飞
必须把一只鸟
置入真理的额首
倾听高过圣殿的黄金赞词

二

“欲望是身体的母语
只有身体才能书写身体”

我惊愕于这种叙述
母语是生命受孕时的呻吟
身体燃烧的痛疼
唇与唇之间的痛疼
我惊愕于这种书写
无法用语言描绘的景象
是一触即溃的圣殿
一捅即破的秘密
一拍即合的默契

只有血才能融入血中
身体才能在身体里沐浴光泽
接受初血的典仪

我始终惊愕于这种叙述
母语的水是天空飘洒的雨
身体的火是至高者排列时空的秩序

三

“尘土是大地肺里发出的叹息
翅膀是天空耳畔的一句低语”

尘土与大地，谁是真正的源头？
人类源于尘土而化于大地
无论肌肉还是骨骼
血液还是皮肤
低低飞扬着尘土的元素
沉沉呼啸着大地的灵性
百年之后，依然是大地的落日

翅膀和天空，谁更广阔？
至高者给了我们天空般的眼睛
是为了寻找宇宙深空的启示
没有长出鹰一般的翅膀
是为了大地少一抹阴影
启示或者阴影
谁是天堂？谁是火狱？

叹息是悲伤中的悲伤

低语是祷词中的祷词

四

“还在寻找天堂
而发现的只有地狱”

天堂的门在男人膝下
天堂的门廊鸽群飞翔
天堂的风长着少女的纤手
天堂的百兽笑容可掬
天堂的花园绽放童子的目光

火狱在女人的嘴角
火狱的火是滚动的风暴
火狱陈列的罪恶尖齿利剑
火狱的一切源于毁灭的契约
火狱的骷髅伸手索债

你是用男人之膝修筑道路
还是用女人之嘴吹灭烛光？

五

“世界让我遍体鳞伤
而伤口长出的是翅膀”

让我受伤的是一条河流
巨石上面跪坐的男子
是血与爱凝成的尊严和信仰
让我受伤的是午夜的沉默
天空的沉默
老榆树上喜鹊的沉默
木格窗下诵经者的泪花
辽远高亢的宣礼声
核桃树下的跪姿
午夜的婴啼和花儿破碎的瞬间

我的伤口没有长出翅膀
却在时光侧身的瞬间
看见天园金色的一角
那里：春暖花开　百鸟齐翔

六

我是至高者培育在大地的花朵
我没有选择
血缘注定了朝向
清气上升：天堂在望
浊气下沉：火狱燃烧
你和我就是世界

我是祈祷者。诗人
父亲和儿子
心灵的右侧是光明
心灵的左侧是黑暗
至高者的大地处处是魔鬼的影子

即使驱逐到天涯：云层之间
依然传来乖戾的笑

七

“太阳是另一个阴影
月亮是一团火焰”

低首沉思
阴影是光明投来的忧愁
细细打开全是散乱的发辫
从这头垂落到那头
火焰是灰烬复燃的快乐
只要风还在吹动，石头就能开花
从此岸燃烧到彼岸
全是焰父的手
必遭焚烧的手

忧愁是男人的翅膀
快乐是女人的眼泪

八

“没有哪一只手
能够编起风的发辫”

而我知道，风之手
能够编织云彩的发辫
装饰天堂一侧的蓝空
编织雪山的发辫
点缀圣殿起飞的鹰翅
我还知道。风之手
指引一种航向
撕碎一团希望
摧毁一座城堡
还把整个世界置入一方高地

风之手，涌起的一场风暴
把河水开成浪花
轻轻掀开第一层花蕾
把我的情思吹到多瑙河右岸的残堡前
抚额沉思

只有一双似手非手的光
能够编织宇宙的发辫！

九

午后的一团火
从天空泼下来
以舞者的姿态泼下来
以口红般的艳丽泼下来

泼下来！让花儿破绽成性欲
让蝴蝶翅膀上的真言更加清晰
让火的焰齿吹皱时间的脸
穿起白云的项链
挂在天空的颈上

泼下来！我期待这种灼痛
期待洗涤灵魂
期待这种燃烧
期待爱情和灰烬的壮美

泼下来！泼一抹忧伤给眼睛
泼一缕叹息给大地
给天园泼下水
给火狱泼下火

十

“当我把眼睛沉入你的眼睛
我瞥见幽深的黎明”

谁沉入了你的眼睛？
谁用黑与白创造了黑夜和黎明？
让静谧静入黑夜？
让骚动挑开黎明？

我将沉入谁的眼睛？
将真理和光明置入谁的桂冠？
谁的身躯将在午夜时分盛开罪恶之花
我在谁的眼睛里
燃烧成忧伤的梦？
弥漫成绚丽的风景？

在黎明与黑暗之间
谁看见了白鸽的翅膀？
在眼睛的黑白之间
谁启开了天园的大门？

我在你的眼睛深处
只看见了火与水的秘密

十一

“是的，光明也会下跪
那是对着另外一片光明”

我知道这种跪
是伏地长跪
是泣血之跪，虔诚之跪
雪山的峻峭是一种跪姿
草原的宽广是一种跪姿
路的尽头是目光的跪姿
时间的深渊是皱痕的跪姿
水有波澜的跪姿
风有吹动的跪姿
花有绽放的跪姿
光有照耀的跪姿

一种跪姿向左
一种跪姿向右
左边的黑暗在黑暗中滚动风暴
右边的光明在光明中盛开梦想

十二

“时间：

比沙漠多，比一棵树少”

时间是拼接历史的碎片
被黑夜打碎
又被白昼捡起
是左肩与右肩之间
书写在火焰上的证词
向左稍稍偏一度
或者向右偏一度
都会变成旷世的叹息
时间是宇宙搭向天堂的梯子
沙粒般躁动的灵魂
顺风攀援

是祈祷中的额首之花
静默中的咳嗽之声
最初的黑暗中诞生的翅膀
最终的光明中毁灭的赞词

时间啊，最终
吞噬自身的心渊之血

十三

“光，为我的无知而惊讶”

惊讶于希拉里洞内的宣读
面对世界的宣读
真理的宣读
惊讶于一种天象的秘密
云彩倾听天空的秘密
风儿梳理翅膀的秘密
花朵绽放美丽的秘密

惊讶于一种寻觅的踪迹
麦加祷词的踪迹
沙漠驼铃的踪迹
血的踪迹
光的踪迹

至高者啊
用智慧引导智慧
用星辰引导星辰
用经典引导经典

十四

《古兰经》："那火焰
喷射出宫殿般的火星"

那是火狱之火：焰齿
犹如连绵不断的雪峰

圣剑般直抵天宇之额眉
烧得通白
映亮真言书写的笔画
刻入时空的巨碑

那是火狱之火：焰鸣
犹如天体崩溃的轰响声
击破世界的黄金大门
泣血的祈祷
不再是一滴水的恩泽
不再听到一声祝福

火狱之火
　　火中最烈的火
　　火中最艳的火
　　火中最红的火
骨殖燃烧的火
永不熄灭的火

十五

“时光是我们穿上的衣服
却再也脱不下来。”

时光给太阳穿上燃烧的衣裳
把最亮的光从内心

照耀到宇宙的边缘
给月亮穿上孤独的衣裳
倚窗滴下几行泪水
憔悴了美人脸
给蝴蝶的衣服缀满撕裂的闪电
涟漪的水，连绵的山
给花朵一群蜜蜂
给黑鹰一片天空
给河流一方汹涌的世界

时光，给每一粒微尘
也穿上一件美丽的衣裳
只要呼吸或者生长
只要漂浮或者摇曳
就能在衣裳的褶皱里
看到时光的影子
它就在凋谢的花叶之间
皱纹之间
波动的流水之间
浩瀚宇宙无限膨胀的秘密之间

时光穿给我们的衣裳
会在至高者那里永远脱去

十六

“他还在寻找天堂
发现的只是地狱”

他的眼睛泛滥混沌
他的嘴角流淌罪恶
他点燃欲望犹如影子不离不弃
他的额首从不开花
他的眼神飘忽不定
他喜欢火
他喜欢火一般炽烈的情
他喜欢在火中燃烧
他指着太阳盟誓
他的左肩是忙碌的使者
他的右肩是清闲的使者
他不会诵读
他焰父般的双手必定受伤

而他还在寻找天堂
毁灭却已经逐渐临近
宫殿般巨大的火星逐渐临近

十七

“时光是风
自死亡的方向吹来”

从最初的黑暗吹来
至高者把一口气吹向泥土
吹向世间万物
万象复苏。时光开始吹动

吹动血的蓝焰
吹动雪的静脉
吹动植物的纹理
吹动最锋利的刀

时光沿着血管吹
沿着万年雪峰吹
沿着一位女子骚动的情潮吹
风中的金字塔沉默了一会儿
罗马斗兽场的叹息更加悲哀
我还来不及侧身
就看见了自己佝偻的影子

风中的世界蚀迹斑驳
生命纷纷扬扬

十八

“时光是风
自死亡的方向吹来”

谁也没见过它到底吹自哪里？
只是黎明的星光如期隐去
黄昏的落日滴下一团紫血
洗染了天际
只是眼前的浪花不会第二次盛开
瞬间停留脸上的表情
刻入额首
回头时才发现，吹来的风
比闪电迅速
比发丝细长
比刀光闪亮

谁也没见过它会吹向哪里？
只是把冰雪融成了水
把山岩雕琢成了风景
鹰的翅膀撒下死亡的阴影
每个人，只用一口气吹灭自己

谁都没见过它
却在影子里能找到它影子

呼吸中能找到它的呼吸
气息中能找到它的气息

时光的刀啊
每时每刻都在削碎世界

十九

“什么是黄昏？诀别词”

我作证：那不是一滴水
与河流的诀别
不是一朵花凋谢的诀别
不是陨星划过深空的诀别
我作证：我的这种诀别
是一次日落时仰望的目光中
光辉的破碎
是一段光阴悄然融化时
额纹的破碎
是一种祈祷的姿态映入夜色时
黑暗的破碎
我作证：我的这种诀别
是低过气息的呼唤的破碎
是亮过青灯的孤独的破碎
是红过鲜血的壮美的破碎

我作证：回首的瞬间
一种光明正和另一种光明
作揖诀别

祈祷词

第一日

此刻：沁人心脾的晨礼词刚刚停顿了一下
有人从胸腔深处崩溅一声哭泣，就在我的右侧
东方天空的眼睛微微泛红
孤独的男子在晨光的沉寂中
坐到蚀迹斑驳的槅扇窗前
打开经典：山体因此而轻轻战栗
　　　　　水面因此而激起浪花
　　　　　鸽群因此而改变翔姿

这个时辰：恶灵套着沉重的铁索
被置入石城之下。天使布满整个大地
日夜祝福人类

第二日

今夜：七个兄弟跪入一列
七段赞词在唇舌间飞翔

七行泪水从午夜流淌到黎明

七样虔诚刻上每个人的心空
七种姿态伫在泪水的海洋
七色暮年里觅得一种方向
七个夜晚怀抱幸福
七声高歌敲击鹿皮大鼓
七颗心脏深藏一样的奥秘
七眼泉水浇开了七色玫瑰

今夜：七个兄弟心怀虔诚
在颂词的音符和旋律中
面朝西方，伏地长叩
那里：天堂花开

第三日

大地从午夜的窗口轻轻走过
它说：人类啊，你将怎样躺入我的怀抱
那阴冷的，黑暗的，遍布荆棘的
无比恐惧无比狭窄的地穴？

星光闪动着翅膀落在我的右肩
告诉我：大地将如一颗蛋壳
你的身躯将举证你的罪恶
那深渊的，巨大的，骨头燃烧的火焰

将比刀刃锋利
将比石头坚硬

静静地流过我桥下的河流
告诉我：假如你比我还纯净清澈
那甘美的，凉爽的，清冽的
浸透身心的
比一切美好的天堂泉水
只为你流淌
你可以忽视人类
可以忽视一切
葡萄酒，高脚杯和无数的果实
将伸手可及
艳丽绝美的少女只为你舞蹈和欢唱

我深深地鞠躬，长叩不起……

第四日

清真寺高亢的宣礼声穿过炊烟弥漫的村庄
悠远地回响
少女法土麦的灶膛里，干柴烈火
爆溅的火星溅在火上
她黑色的长发垂于耳际
一只发情的白猫乘着夜色走过南墙
不厌其烦地叫唤

六月的麦穗开始变得饱满
在广阔田野里律动摇曳
火苗映红了半个美人脸
如期归巢的鸽子与另一只鸽子
相互偎依
相互梳理洁白的羽毛

这一夜，遍地暖润

第五日

一场盛大的祈祷之后
头缠塔斯达尔人的心情
比夏风还要薄　还要凉爽
积石山下连绵不断的村庄
一夜之间宁静了下来
沿着大河两岸
开满绿色的喜悦和幸福

而我在这种光泽的沐浴里
洗涤自己的身体和双手
肌肤里暗藏的愤怒和污尘
甚至贪婪和欲望
甚至一次罪恶的注视
唯恐划过午夜的天使
看到这一切！

第六日

再轻一些
让额头触地时再轻一些
让虔诚像泉水一样从心渊涌出来
让黎明更加明朗一些
让脆亮的鸽哨擦净西边的天空

再轻一些，莱姆丹就是一种旅途
我们濯手濯足
用饥饿和渴望，赞词和祈祷
种植过冬的粮食
修筑抵达花园的道路
开满紫色蓝色的花朵
驱逐细碎惊悚的忧伤
心怀美好和期待
让阳光照得再猛烈一些
让夏风吹得更细更凉一些
最终的号角吹响的毁灭中
一朵花，一滴水
或者一层涟漪
一双翅膀的秘密终被打开

那一刻：伤口如此艳丽
　　　　疼痛如此纯粹

第七日

整个世界，不过是一件碎片
宇宙的碎片是沿着轨迹
运行的星球和尘埃
风的碎片是飘动的白云
摇曳的树木
雨的碎片是迅猛的洪水
女子的哭泣

声音的碎片
在隔河相望的眼睛里
精神的碎片就是梦
阳光的碎片是阴影
孤独的碎片是悠扬的笛声
欢乐的碎片是泪水

而我是先祖血液里的碎片
不断地破碎之后
拼接着千年的骨血和梦

第八日

这是怎样的夜晚？
一团孤寂就像胸腔里溅出的血

黑压压红彤彤地向你袭来
沉重得令人窒息
碾碎你的骨头和血管

或许缘于一场角逐
缘于一朵额首之花
偶然抬头时的眼神那么冷情
狂风侧身的瞬间灼伤了影子
一座殿宇回响起三段赞词
一群白冠男子齐齐跪伏不起

这是怎样的夜晚？
一张脸，另一张脸
在岁月的深潭
那么清晰，频频显现
一种笑，另一种笑
依然在耳边
那么爽朗轻松

这是怎样的夜晚啊？
心与时间的指针并肩而行
记忆的影像
一幕幕映入世界的眼帘

第九日

此刻的幸福
是泉水渗入沙地的欢畅
是刚刚绽放的花儿迎来清晨甘露的沐浴
是弃婴被抱入怀中的温暖
是湛蓝的天空下飞翔一群白鸽的辽远和灼痛
是翅膀触到云袖的战栗
是波浪碎在眼睛里的幸福

此刻的幸福
是心灵感应到划过夜空的宣礼声
是额头触地时世界静下来的静
是右脚迈进门槛时掠过心空的虔诚
是从掌纹间找到的真言
是从影子里看到的罪恶

此刻的幸福
比西边天空的蓝更蓝
比吹动夏季的风更轻

第十日

“玫瑰的影子，
是一朵凋谢的玫瑰”

我借着孤冷的月光，顺着玫瑰的影子
细细翻开全身的鳞片
内脏和骨髓，寻找枯萎的心灵
却只见蓝色的血液
依旧浇灌着身体的花园

我惊愕于被造化的结构，创造的原点
还有宇宙的旋律，微小的光子旋律
何等相似。
眼睛与宇宙的线条
皮肤与山川的脉络
何等相似

我惊愕于玫瑰与影子的叙述
似乎看到人类在自己的身体上哭泣
看见的影子，是腐朽的骨头，缥缈的灵魂
面对人类，我缄默不语
身体的影子是另一个身体的死亡
灵魂的影子是另一个灵魂的诞生

第十一日

“上帝的孤独总是在黑墙边歌唱”

我曾唱过红狐跳过山崖的孤独

母亲烛光下纳鞋哀叹的孤独
宣礼声传来时瞬间静谧的孤独
细雨润心的孤独。泉水的孤独
火焰吞噬的孤独
从鸟翔中阅读卜象的孤独
蝴蝶翅膀里感悟真光奥秘的孤独

人类在一条火焰的深渊前哭泣
把太阳葬在荒芜的西方
把月亮推进黑暗的边缘
我是终将被自己的呼吸吹灭的灯盏

盛大的庆典之后
我歌唱的孤独在缄默中微笑
颂歌中寻找遗失的那一半影子
血：一层层开花

黑色天使姗姗出现
孤独在河流边哭泣
直到天亮！

第十二日

我必须用额首和膝盖
穿越硕大深重的黑夜
必须披着黎明出发，背着午夜回家

找到我少年时的那悬梦之前
——耳贴钢管聆听主宰者声音的梦
我感到死亡一步步走来

而且我感到在世界的某个角落
还有我的另一半灵魂
用善良虔诚的鞭子抽打我
时时刻刻，日复一日
用叫作时光的东西
把我雕刻成核桃和石头
削去我的影子，粉碎我的骨头
把我置入村庄的高处

我必须穿越这黑夜
哪怕石雨淅沥，火风肆虐
必须得穿越
必须

第十三日

胸腔里燃烧的火焰
在午夜熄灭
金色的梦涌动在天堂的河流
通向高处的天梯
缀满花朵
樱桃般的嘴唇

封闭了谁狂乱的心？
更远的远方
泉水低诉谁的悲叹？
孤独者的额头
是怎样湛蓝的忧郁？

情绪之外：一只黑鹰的左翅流血不止
一群黑皮肤的非洲孩子
正在接受庄严的割礼
披着绿色斗篷的人骑马赶往石屋
牧人低下头颅
大漠那边：风暴悄然来临

第十四日

我无数次沿着东方的黎明
寻找牺牲的壮美与血
却在黄昏的典仪中
看到玫瑰郁金香被砍下头颅
插在典雅的花瓶里
花瓣的幻影里少女陶醉

我在婴儿的诞生中没有看到初血
却在午夜的梦里梦到死亡气息
那腐朽的味道
铁的味道，泥土的味道

那么近，又那么无畏的样子
就在离我一步之遥的距离
影子般伴你而行

你的呼吸里，这种气息离你多远？
谁的呼吸里，这种气息就在侧身之间？

第十五日

还是那熟悉而令人作泣的跪姿
向西。一棵树下。河岸的巨石之上
到那日：额首花绽
从自己的坟穴开到永恒的花园
身体的四肢雪山般银亮
从巨大的广场奔向火焰上的桥梁
一闪而过

依旧向西
泉水般清澈流淌的是祷词
石头般伏地长跪的是姿态
黎明时分：一滴眼睛之血洗亮了东方
斋月的光辉下
大地沉浸在鸽群飞翔，百兽欢舞
鱼族腾跃的吉庆之中

第十六日

谁知道那风从深渊吹来
像愤怒的狮群破栅而入
石头的碎片飞溅水上
那样狂暴。肆虐
所向披靡
吹破西天的帐幕

谁知道那风从峡口吹来
像欢腾的琴曲曼舞而来
蝴蝶的翅膀落在花上
那样轻柔。凉爽
闭月羞花
掀动女子的红纱巾

那风有时候低低嘶鸣
吞噬一切，无坚不摧
有时候缓缓流淌
雕琢精美，步步履痕
刻刀般锋利
葬礼般沉重

那风是时间最美的公主和君王

第十七日

随意找个阴凉的角落坐下来
随意翻开手里的一本杂志
细细品读第 26 页的一首词
两米之外，大树背后
孩童在争论天堂
一人说在天上最高处
一人说在心里最深处

我静静地听
目光停留在杂志的彩页
黑纱女子指间的香烟依然在燃烧
烟丝袅袅
双唇鲜红犹如划开的草莓
欲望在滴
一团热血莫名地沸腾
一种冲动悄然涌起
美，就在这儿
天园的殿宇怎能容下女子的贪婪和罪恶？

一个人的午后
随意等待另一个人的出现
时间的脚步越来越慢
我索性躺下

用那本杂志的时尚女人
盖上自己的脸……

第十八日

真神的恩典早已降临了我
还能起早贪黑地奔波生活
向周围的人点头问好
还能听到老人的嘱咐孩子的哭声
在忧伤里抚额忧伤
在欢乐中寻求欢乐

恩典早已降临了我
还能从黎明的宣礼声中醒来
迎着晨光写下冬季的第一首诗歌
为披着雪花回家的父亲熬制一壶奶茶
还能扶犁耕田，劈柴生火
在树荫下围桌而坐
叙述久远而久远的迁徙与传说

恩典早已降临了我
还能夜夜读到经典
悟到宇宙的奥秘和创造的力量
从风吹草动与马嘶鸟鸣中
暖暖地感到普照生命的光泽
还能思考，还能行动自如

恩典早已降临了每一个人
就在举首侧身的每一个瞬间
在眉目之间
在呼吸和片刻的安宁之中

第十九日

恶灵。咒语。隐身的巫术
在我身边不断地教唆挑拨

看不见它。摸不着它
却在你举足抬首的瞬间阴影般处处荡漾
有时候我也会落入它的陷阱
醉生梦死
全身充满罪恶的欲望
心灵火燎般灼痛
它变幻莫测：像火时燃烧你的胸腔
　　　　　　像水时浸满你的心海
　　　　　　像雨时淅沥你的一生
　　　　　　像花时绽放中暗藏杀机
它让一颗鲜活的心硬成石头
让身体长出剑翅刺伤爱情和梦！

它摧毁我洋溢着恩典的屋宇
把我关进嗜血者和毁灭者的荒原
而且，划开一方地穴

说：那里罪恶泛滥
那里燃烧的全是人类的骨头和石头！

第二十日

无论曾经怎样的辉煌
我们就像一轮夕阳
终要沉入冰冷孤寂的黑暗
时光太短，只是一步的距离
就把童年变成佝偻的影子
我仿佛听见落叶撞击地面的声音
那么多泛黄的伤口
忧伤地落入大地的胸膛
我看到整个冬季的战栗和恐怖
凝固成寒冷的冰
在光的照耀下幻化成滴淌的水
融入大地
我听到沉闷的雷声滚向天边
似乎要坍塌
而河边的村庄正在举行盛大的葬礼
谁的葬礼？是神秘的终点
还是启程的典仪？

在这壮丽的黄昏
西下的太阳也为时光的贪婪哭泣
把额头贴向西方的腹地

期待沐浴那一抹金黄大光

第二十一日

有些人活得再好
也死在别人滔滔不绝的咒语里
有些人死得再惨
也活在别人优美动听的赞词里

有些人活着
却死在别人的影子里
有些人死了
却让别人活在自己的影子下

有些人贪婪地活在别人的慷慨里
有些人惨烈地死在别人的愧疚里

有些人活着却淹死在一句话上
有些人死了却鲜活在一句话上

有些人为活而死
有些人为死而活

第二十二日

有一抹虔诚的蓝色与生俱来

它厚重。质感。它刺痛西天的伤口
令人彻夜作泣

它与生俱来，在血管里沸腾
在骨髓里缄默
目光里变得深邃
语言里变得深沉
它在黎明时分
总是让人低首无语
黄昏的余晖下剪辑灼痛心扉的侧影

它与生俱来，不用呼唤
就在宣读和聆听的瞬间
融化了心血
开成了骨头的花朵
细密地植入每一束发根

它与生俱来，号角吹起时
每个人将衣冠整洁地准时赴约

第二十三日

这是斋月的夜晚
吉祥的征兆从第一个夜晚就开始弥漫
你轻轻拉开窗帘
打开窗户凝望远方

前方的楼宇朦朦胧胧
头发被夏日的风吹开
一丝凉爽袭来
一阵震颤袭来
而幸福桃花般开在你的眼里
似乎看到西方天空的某处
闪动了一下
蓝色的光束直抵你的心灵

一个人的祈祷
是涛声里泣不成声的愉悦
是大风中摇曳不熄的灯盏

第二十四日

不慎打碎了窗前的花盆
鲜嫩的花瓣与陶片碎满一地
一抹夕阳确如血水
洗红了一半的天空
不断有好消息沿着河岸传来
山那边的木质阁楼已经建好
晨光下诵读经典的声音
依旧灼痛心扉

后来的夏季
河流膨胀起来

喜怒无常
有时候比想象的还要凶猛
有人蹲在峡口久久地哭泣
哭成了景点的望夫石
旅客们心怀敬仰轻轻地留下倩影

再后来，一个人临河而坐
一个人的旷世沉默临河而坐
整个村庄临河而坐
那双无形的手
把长须老人和他天真烂漫的孩子
画在了大地

第二十五日

你说：在那日
众人将似分散的飞蛾
山岳将似疏松的彩绒

我知道那是最终的毁灭
是众世界的毁灭
一切将沉入宁静
那是日落的一种宁静
那是天空蔚蓝的宁静
飘浮白云的远山的宁静
天空喘息瞬间的宁静

一枚落叶旋入流水的宁静
一抹红晕漫上少女脸庞的宁静
一座村庄黎明时醒来的宁静
一缕炊烟升腾的宁静
房檐下的鸽子梳理羽毛的宁静
猫跳过墙顶的宁静

呼吸的宁静
血液淌过血管的宁静
血肉滋润骨头的宁静
女子梦中惊悚的宁静

静中的宁静
墓穴里黑暗的宁静
空气中燃烧的宁静

第二十六日

“你说：我在那高贵的夜间
确已降示它
你怎能知道那高贵的夜间是什么
那夜间全是平安的
直到黎明显著的时候”

高贵之夜
祈祷声从东方到西方

从黄昏到黎明变成了海洋
变成了席卷罪恶的风暴
一扇门，一扇窗口
灯光依次亮起
月光般倾泻而下的全是祝福
是天使守护世界的祝福
是天使守护灵魂的祝福

高贵的夜间
胜过一千个月
一千个月的恩泽普降
一千个月的赐予与恩典
细雨般纷纷降临
润透渴裂的唇和心

高贵之夜：世界像幸福的婴儿
众天使和精神簇拥着它
直到黎明

第二十七日

你的奥秘在于无法想象的
风暴中运行宇宙
让它们沿着自己的轨道
燃烧。冷却。旷世沉寂之后
把血下成雨

把云凝成山

你的奥秘在于吹动无法感知的
时光雕刻的岁月里
给生命打上烙印
腐化。融汇。踪影消失之后
把土堆成山
把魂飘成雪

你的奥秘在于你我之间流动的气息里
在浩瀚天象中层层展开

第二十八日

命运之门徐徐打开
时间的尽头在哪里?
在最后的广场
我从诞生的通道口
走向一条条光明的道路
那里：无眠的夜晚和眼睛
像清晨的宝石闪闪发光
太阳沉默，星星无语
黑暗中行走的人
自言自语的人
寻找身体秘密的人
爬出洞穴，怀抱着善念

纷纷走出黑暗的房间
进入另一方天地

第二十九日

怎样的血雨汹涌成洪灾
石头被融化。猛兽被囚禁。善门被关闭
谁捧心自吞？谁饮血噬骨？
谁居于天涯尽头忧愁烧红血日？
谁沐浴恩泽？

或许人类本身就是一杆天平
右肩侧重一点点就是花园
左肩侧重一点点就是灾难

谁的花园盛绽百花？
谁的灾难泛滥火焰？

终结日：将无人置身于巨大的广场之外
或者逃遁于善恶的结算

2016年6月6日—7月4日创作于西宁都市绿洲

时光折叠的词

蝴蝶

比闪电还要亮丽
比山河还要蜿蜒壮阔
比花朵绚烂，比涟漪还要静美
它的翅膀包罗万象
闪动的一瞬，宇宙羞涩地闭上了眼睛

黄昏

我的身体终将画在高地
云朵，蓝天和褐色的大山
从我眼里随时都在消失
而白色羊羔被驱逐那一刻
西方一片血色

浪花

终于，在河面找到了那朵浪花

和它展开的翅膀，带来的爱情
从冬日的午夜
到一棵榆树下，寻找缄默的绿盖头
而月晕之夜柴门紧闭

世 界

花儿的破绽，河流的倾诉
黎明的阵痛与西天的日落
只是时间艳丽的碎片
悲凄，冷情，痛感而美丽
世界依然沉睡万年

叙 述

是黄河对村庄的叙述
一群牵着骆驼的人向东而来
木雕的花朵开上房檐
鹰，始终保持飞翔的姿态
聆听夜夜传来的宣礼声

静 默

最好是湖水宁静的午夜
打开声音的翅膀
就能听到风中瓦罐的碎裂声

花园的苹果与目光的撞击声
还有人类与蚂蚁的私语

致 敬

向丝绸里燃烧的色彩致敬
向泛青的痛疼致敬
向寂静走廊里的独坐者致敬
向黑暗，河流。向翅膀，阴影
向颠覆和包容一切罪恶的时光致敬

祷 词

假如恩赐我一团团黑暗
就让它层层挤压，碾碎我的身体
就让它汹涌，吞噬我的身体
让黑暗铺天盖地
但在远方，还请赐予我一锥的光明

阅 读

还是阅读一次贫穷和屈辱
阅读饥饿的目光和浊流
日渐远去的爱恨情仇
阅读自己的脸和孩子的肌肤
还有青海和西藏那一双双枯萎的手

风在吹

风在吹，雷声滚动
草木梳理身体与发髻
情人在眼睛里悄然老去
水与影正在发生一次媾和
风在吹碎千年的巨石与骨头

寻 找

你祈祷，高声赞颂。你顿悟跪拜
你哭泣，哀伤。你奔跑呼唤
把心捧在心上
用额首缩短跋涉的路程
划开肌肤寻找隐入血与肉的奥秘

触 摸

伸开不是手的手
触摸你身体里的身体
触摸你血液里的血液
最深处，身体在阴影下哭泣
血液在夕阳里汹涌澎湃

幻 影

比一次灼吻更卑贱
血红的双唇像一种侮辱
从左至右，在屏幕上
闪烁，移动，妖娆妩媚
城市正在承受着一场炽热的风暴

石头的痛

谁听见过石头与石头的私语
它隐身脚下，微不足道
唯有它的疼痛里
弥漫着自己的气息与寂静
沿着路面飞翔或升腾

聆 听

是圣战者为第一滴血的喜悦哭泣
是黑色面纱掀开之前的欣慰一笑
是席卷草原的帝国战马的嘶鸣
是聆听者徘徊于善恶之间的呼吸
是梦中梦到的午夜呻吟

血与骨头

血与肉。骨头
血肉砺塑钙质的骨头
骨头融于血

还有光。影子
融入大地的心脏

折　叠

在大河边。折叠一次黄昏的散步
让目光与目光发生碰撞
在泉水边。折叠一次回首
让邂逅在瞬间凝固下来
折叠一条河流，安排亲人们的生活

一棵树

一站就是一生
把根深深地扎入大地
无论狂风，冬雪，还是冲天火光
它撑起一座家，一片蓝天和一丛花
人类啊，你怎能像树一样宁静？

折 叠

最好的折叠，应该是你和我
你折叠我越来越多的皱纹
我折叠你越来越白的头发
折叠我们一生的爱与恨
随时把一切置入光阴的魔盒

人 类

你是贪婪的欲望，沸腾的血
你是诞生与毁灭间徘徊的唇吻
你是战栗之后身体的渴望与拒绝
你是淬炼之火，涤净之水
你是孩子，仆人，求索和省悟者

孤独的方式

孤独用孤独的方式呼唤我
黑暗压下来！灯盏熄灭了星空
情绪凝固成石头
一层层砌成空旷的石屋
除了自己，就是自己被碾碎的声音

一半的世界

一半的世界里，一半的我
一半的裂缝里诞生成长
一半的生活是祈祷与祝福
一半的火焰烧亮了天宇
一半的脸，一半的舞蹈仍在继续

无 题

在轰然坍塌的世界面前唱歌
向每一个人抛撒今晨的玫瑰
呼唤每一个人走出幽暗的痛苦
来啊，让迸溅火花的斧锤
猛烈地敲击我充满幸福的灵魂

远 方

远方，遥远的远方
折断黑鹰翅膀的远方
梦也无法抵达的远方
一定有人模仿我倚天把剑的姿态
向阴影和死亡宣战

十一里

十一里杏花烂漫
十一里的距离曾经的爱也烂漫
十一里伤痛连绵
十一里白马披红沿途都是荣耀
十一里梦幻绚丽

雨的断想

洁净，羞涩，隐于云朵之上
披着彩裙云霞，公主般高贵完美
风暴来临，你用最美的曲线完成一次蜕变
千丝万缕，织进每个人的心绪
让世界从浴池里醒来

清水湾

黄河在这里拐了个弯
千年的马帮和祖先的吆喝声在这里拐了弯
送葬的队伍也在这里拐了弯
我的人生在这里拐弯的黄昏
夕阳映红了河边的一块大青石

复 述

祷词之后，我仍在复述
比如“以时光盟誓”
比如“在那日，大地将报告它的消息”
比如“山岳将似疏松的彩绒”
那一瞬：我的身体轻轻上浮了一点点

触 痛

宣礼声此起彼伏的午后
我能准确地触摸到叙述的隐痛
触摸到一群人与白骆驼的梦
梦里梦外：叩拜者，筏子客，牧人与耕者
有着怎样的隐痛和苦难？

细 雨

细雨是天空泼洒的泪水
脚下冰冷的石头和草丛
与我一同泪水涟涟

更远处，戴草帽的男子一人独行
我沉默而且忧伤了一会儿

现在就沉默

现在，就可以复述沉默
不用刻意流泪，更不用乌云密布
就写消失于喧嚣街头的背影
回首时霜剑般泛着冷光的眼睛
所有的沉默并不都是金子

东流之水

驾车驶过峡谷还见东流之水
跟父亲伐木远行还见那东流之水
与祖父牧羊晚归还是那东流之水
很多年了，依然是那水
没有改变，只是时光收割了很多人

传 说

梦幻与苦难的传说
自血与泉水中溢出
在我的血管里汹涌奔流
撞碎我的身体
使我站在空空的世界之外

时间玫瑰

无法感知它的破绽
吻痕就遍布了生命的额头
深夜的黑暗里盛开的玫瑰
细碎，静美，孤独而无情的玫瑰
炽烈，覆盖，幻想而吞噬的玫瑰

那是谁

在我体内还存活着
激情恐慌的黑兽
它的微笑荡漾一生痛苦
它的哭泣洒泻一地月光
你知道，那是谁?

午 后

在黄河以南夏季的阳光里
我躺在核桃树下硕大的阴影里
读一本书和一首写给主宰的颂诗
宣礼声此起彼伏
那是我的归宿

诺 言

接纳我雄美健硕的身体
把你变成妻子和母亲
接纳我变幻丰富的嘴脸和胃
把你变成水和粮食
接纳我的抚摸，接纳我的一切

爱

不过是唇齿间跳动的音符
空洞，苍凉而处处可见
谁细细观察过它的舞姿
那九十九朵玫瑰的心
闪烁着碎光般的光焰

青海湖

那些迁徙的鸟儿开在岛上
像黑樱桃，白樱桃
开在岛上，数都数不清
清晨或者黄昏：青海湖
重新变得湛蓝而博大精深

自 题

苍茫世界里你属于谁?
黑暗和孤独中你属于谁?
伤感和温暖的眼睛属于谁?
属于谁? 你刚刚盖好的屋宇下
狂欢的舞蹈与歌谣属于谁?

另一种风

风从低处吹，从侧面吹
吹空身体，也吹空了寂寞
把午夜的时光吹成一盏瘦微的灯
与夜夜摇曳的树影
碰撞，重叠，又重重地碰撞

先 知

我梦见先知消失在耶路撒冷
大地寂静，黑禽红兽安居巢穴
看见了飞马，人祖，众先知及七层天地
火与水，善与恶的奥秘
有声音说：睡觉的人啊，起来吧

秋 天

整个秋天，我在黄河边行走
寻找河水的绿，绿里涌动的波浪
我知道这波浪里
都是歌谣，泪水，爱情和虔诚的信仰
还有秋天的收获：孩子的目光和梦

欲 望

我和我的躯体并肩而跪
感应令人作泣的祷词与韵律
而美好的记忆
跳动在意念之外
企图使我迷失午夜的方向

白里泛黑

我见过最蓝的天空在青海
我见过最红的花朵在体内
我最好的朋友，有时候白里泛黑
有时候红里透青
无法辨别他的颜色

孤 独

孤独伸展无数双手
用黑暗之手覆盖我的房间
用时光之手削碎我的骨肉
用风暴之手席卷我的思想
我死亡般的窒息，憔悴而恐惧

夜

南山，月亮杏黄
远处，或许更远的灯光处
传来的狗叫声：失望，缓慢而无力
我侧身西宁
除我之外，空无一人

审 视

长久地审视黑暗
灯光和一册书的封面
那些眼睛，哭笑声，面容背后的阴影
箭镞般射来
看到的还是你自己

梦

在梦中，你能飞翔
很久以前死去的亲人
又回到核桃树下的方桌前
你努力回忆着他们的面容
却在清晨看到了雨后的彩虹

熟悉的人

把酒杯放下，不要唱歌
站起来
放开搭在我肩头的手
再把洁白的哈达放回原处
对熟悉的人不要说陌生的话

另一张网

它时时刻刻覆盖着你
用圣者之语启示你
用火焰灼炙的目光注视着你
用荆棘之手紧拽着你
用语言，光和双手缚紧你

郁金香

彼岸燃烧的火焰
没有焰舌，也不灼伤人
却像女人的嘴唇：鲜艳，撩拨
血色黄昏徐徐降临
郁金香红遍山川河流

拜 毯

它从我的脚下一直铺到天堂
沿途就有奶和酒的河流
从宝座之下
流出来的泉水与鸽群
搭建另一座梦幻的城市

黑 鹰

它的披肩在雪山上闪烁

俯冲而下，一支黑色之箭
自峭壁射向一只岩羊
黑色的飞翔，天地旋转
滴淌的血也在旋转

一条河流

从高山雪地倾泻而来
横跨一个国度
在母亲脚下冲出天堂的花园

我只是河流破碎的浪花
绽放，就在那瞬间

加 冕

用闪耀圣泽的祷词为你加冕
石头的火烧不毁它
时光的剑刺不穿它
灵魂的血染不红它

我为一条河流加冕

光 阴

比静止的石头还要缓慢
一切都在静止中咆哮，吞噬
一切都在静止中呼吸，痉挛
在静止的脉动中疯狂地生长
悄无声息

词

甚至不能准确地说出思念这个词
把孤独和叹息说成宁静
那里边还有三件碎片
灯盏的泪水，凋零的玫瑰
浑圆浑圆的落日

灵 感

小心那些扇动着翅膀的灵感
蝴蝶翩跹，雏菊盛开
只要触碰你的肌肤和骨骼
语言的蓝天就蓝得让你哭泣
轻得让整个世界侧耳聆听

等

柴门紧闭，天还是那么蓝
老妇独坐石头
树叶绿得发青
阴凉下，一头牛和溪水之间
蹲着死亡

词 语

更像是木材，用各种雕技
修建一座房子
仿制典雅的烛台和床
让孤独伤感的人住进来
夜夜低泣落泪

祷 词

不必选择，只要是立锥之地
我便能跪伏
不必修饰，只要是从内心深处
把最想说的词说出来
门，就能打开

无 题

陌生的脸变得更加陌生
熟悉的声音变得更加熟悉
光阴使一些事物变得似是而非
血还在流。孤独与悲伤
从午夜的高地缓缓升起痛苦的旗帜

目 光

还不够犀利，需要更长时间的磨砺
最好淬炼成一把剑
击碎岩体的一条闪电
从更远的远方，更暗的屋宇
一眼就能透视你的骨头和血

与河书

用你的臂膀，把我推上浪尖
再摔下。撞碎我
用水之绿火，淬炼我，塑造我
咆哮着冲出峡谷之前
让身体里的血变得更蓝一些

风在吹

吹静心湖，吹弯影子
吹深皱纹，吹白头发
吹醒了葡萄架下老人的骨头与梦
风，一直在吹
吹得世界无影无踪

秘 密

不要说出你梦到的秘密
不要与自己的血盟誓
你未曾见到祖先和子孙们走过的隧道
还有雨水，战争和爱情

不要暴露刻入骨血的暗语

触 摸

静入祈祷，就会发现
这个世界还有很多美好的触摸
比如温暖的手，比如黄昏的炊烟
时时触摸着你的头发和后背
暖暖的，婴儿般幸福

时光缓步

那瞬间，甚至你的额首
你雕铸的铜像
经不起它的照耀和风蚀
时时在龟裂，破碎，枯萎
甚至还未诞生就永远消失

郁金香

一簇簇，火焰般的郁金香
像女人的红嘴唇留下的灼吻
夕阳流血的伤口

从脚下裂开，吞噬我三十年的梦
抵达时间的峭壁

演 示

夜夜演示自己死亡的场景
需要摆脱身体里的黑兽
反复吟诵一句真言
而且穿行火焰与刀剑的日子
把最边缘的梦再做一次

归 宿

不是你描述的梦幻中的美女
不是你斟满的流淌的美酒
不是期盼的渴望淋浴的甘露
不是时时刻刻光临你的幸福
归宿，只是宝座光泽的照耀

诗歌

不只是用词语敲击整个世界
不只是用情感洒泻温暖阳光
不只是用精美的语言
触及身体和情人，欲望和死亡
不只是让影子和月光叙述孤独

回家

咯吱吱打开沉重的柴门
坐到松木房子的炕上
透过槅扇木窗看一场落雪
在墙壁上寻找亡者的气息
让炊烟再一次渗透身心

午夜

从核桃树的枝叶间
月亮的手指轻抚我的脸庞
水就在枕边流淌

万籁寂静的静中
很多旧时光悄然流逝

死 亡

病床上，我看见小女孩
正在走向宁静的死亡
我默默地祈祷
相信她在门口的拐角处
深情地回望父亲痛楚的脸

囚 徒

我们囚于语言，囚于爱与恨
囚于周围的目光和表情
甚至自己的呼吸和身影
每个人都是自己的囚徒
只是囚室的颜色千紫百红

可 能

像红牡丹开在白瓷盘上
像梦托给素不相识的女子
像一束目光击痛一颗心
任何事情都有可能发生
只是不必说得清楚

秋 天

河水清澈，浪花越来越碎
秋天更加凛冽
美丽的新娘弯下身子
点燃花朵的火焰。蓝天下的田野
秋收的生活排列有序

天 石

它的内部
散发着众先知的气息
一浪高过一浪的哭泣者
想靠得更近一些
抚摸这最初的，最后的碎片

碎 片

不要在孤独里寻找你的快乐
不要呵斥乞丐
不要让爱情在酒和泪水里洗脸

午夜已经展开了翅膀
随时把我的名字撕成碎片

人与人

不过是一次握手
不过是会意一笑，如此之近！
不过是心与心的距离
不过是水与火的触碰，竟如此之远！

这世界如此奇妙

末　日

我幻想着号角吹起时
宇宙大地的坍塌
我彻夜观察先知的预言和天象
一道内核的门
它的黑暗孕自最初的光明

夜

黑暗率领着梦的女仆
从屋顶的树叶之间蔓延下来
一只黑猫轻轻走过南墙
鹰往天边飞；光出现；血中开花
梦，与我共枕到黎明

死 亡

无论这条路
通向金亮的窗口
宽阔的花园，燃烧的火场
还是最初的那句诺言
但没有人，再从那边回来

幻 觉

一种似泣非泣的悲哀声
自墙之外，村庄之外传来
谁侧耳倾听？
谁被抛弃在阴冷黑暗的深夜？
谁是那位迷路的孩子？

时光之刀

这是宁静的秋天
书信频繁，影子变得更长
凉爽的风抵达彼岸的村庄
主啊，是时候了
该让时光之刀收割色泽饱满的果实

睡 姿

你应当保持这种睡姿
侧身向西，均匀地呼吸
离梦再近一些
离鲜花和涛声再近一些
不要翻身，就保持土穴中的睡姿

沉默是一种仪式

沉默可以消亡
但绝不可以长久地隐身
作为一种仪式
细流般穿过午夜战栗的温柔
从边缘一直呻吟到天涯

哪怕是光

哪怕是一点遥远的光亮
哪怕是火焰，梦
身体两侧流淌的音乐
都在黎明时分融入自己的骨血
而且充满欲望和期待

小幸福

当你说出一个灼热的词
秘密就铭刻在脸上
手足无措，语无伦次
词的背面，蓝色的天空下
翻涌红潮的小幸福正在叙述爱情

往里走

打开经典，我找到了一扇门
它深邃，光影斑驳
它比声音还深，比眼睛还黑
往里走：看见了孤独的脸
比黑夜还要黑，还要深

隧 道

我在长长的寂静里
从诞生那刻起
就在这黑暗里
不停地行走，碰撞，跌倒
直到此刻：人类依然在重复

星 夜

星夜里散步
从南山俯瞰西宁的灯火
在黎明到来之前
祝福每一个孩子，并与他们
共同期待大光的沐浴

还是那条河

它从梦中流下来
高脚杯般清澈透明
盛满血，盛满爱恨情仇
火焰般暴虐燃烧
直抵骨髓，直抵心灵根部

陨 石

一块黑色的陨石
一块陨石撞出时光的寒冷
其中暗藏的秘籍
蒙昧时代的人观望它
光明时代的人诵读它

世界的根

我听到从根部发出的声音
像一匹马奔驰而来的蹄音
像一只鹰俯冲而来的阴影
像一场风暴席卷而来的吞噬
但我并不畏惧：我熟悉这种声音

末 日

白雪撒下黑色花瓣的时候
红血喷溅白色泡沫的时候
蓝天飘洒黄昏雪花的时候
绿水汹涌红色波浪的时候
末日即要来临

折 叠

该是最终折叠的时候了
就把时光折叠成经典的颂词
折叠成翅膀
让它飞翔：穿过水与火的世界
栖息在一方宝座之下

2017 年 5 月 17 日创作并修改于西宁都市绿洲

东方高地的幻影盛典

第一章　序诗

向着东方和西方宣礼
向着辽远而辽远的宇宙宣礼
向着大山和海洋宣礼
向着太阳和太阳背后的星宿宣礼
向着自己的心宣礼

让东方纷纷起立
让西方轰然跪伏
让宇宙的耳畔回响证词
让海洋停止呼吸
让大地叹息忧伤
让每一种植物用风的语言
作证真言和先知的使命
让天空用哭泣
倾诉终结日的灾难

向着灵魂宣礼

向着火焰和花园宣礼
那是何等壮观的瞬间！

第二章　侧身世界的水与火

一

乘着生前的白马启程
让马蹄迸溅火花
乘着喜悦的红驼启程
让驼鸣哀伤悲戚
乘着弯角的黑牛启程
让牛背撑起一方世界

乘着闪电启程
乘着自己的虔诚启程

彼岸：云歌鸟舞
珍珠般的少年穿梭其间
金杯银盏，处女美男
天堂就在额首与大地之间
就在心中央

二

侧身的瞬间
宇宙的一半是火焰，一半是海洋

火焰中翻腾着火焰
海水中泛滥着海水

看见人类的脸
一半盛开花朵，一半生长荆棘
花朵在花朵中盛开
荆棘在荆棘中挣扎

世界的夜空
一半在雪中，一半在云中
雪飘在雪上美就钻入了骨髓
云飘在云上泪就涌出了胸膛

一半的人在途中
一半的人在飞翔
一半的身体在时光里消失
一半的身体在幻影里期待

三

我终于看清了这些颜色
孤独有孤独的颜色
泛着寒冷和清辉
欢乐有欢乐的颜色
那么疯狂而热烈
期待有期待的颜色
满是渴望和幻想

那是一种冷艳和漠然
一种喜悦和荡漾的涟漪
一种伫望和频频的回首

生活的颜色
死亡的颜色
红的比火焰和辣椒更红
白的比雪原和云朵更白

或许，一切本来就没有颜色

四

跟随你一生的是影子
从早晨到黄昏
变得长长短短
佝偻而憔悴

呼唤你一生的是声音
从东方到西方
仍然断断续续
低沉而沙哑

目睹你一生的是眼睛
从光明到黑暗
看得清清楚楚

绚丽又空洞

聆听你一生的是耳朵
从此岸到彼岸
听得明明白白
善恶终会分明

还有心，手和额首
还有殷红的血
终究在另一片天空下
纷纷指证

五

夕阳下：一个人
对着自己的影子说了很多话
影子消失
孤独却越来越重
仿佛天空填满了石头和铁

晨光中：一只鹰
把自己的翅膀梳理了很多遍
丰羽脱落
山巅却越来越高
似乎大地堆满了骨头和血

月夜里：一匹狼

把自己的领地巡视了很多次
步履蹒跚
草丛却越来越深
仿佛草原布满了无数陷阱

而我，在心灵的深渊
与无尽的贪婪和欲望
生死相搏
谁是真正的王者？

六

此刻：地球最西端一座岛屿
发生了一次血腥的掠杀
母亲和婴儿以及他们的村庄
在夕阳下举行庄严的葬礼

只是为了尊严的生活
自由的爱情和信仰
还为一群孩子的快乐童年
饥饿和知识的渴望

而在东方高地
羚羊和貂被成群地屠杀
血，正沿着嘴角滴淌
红唇红鞋的女子正从大街穿过
男子纷纷回首

貂皮，艳丽的光泽耀人双眼

人类啊，假如你被倒置于铁钩
蚂蚁或者更小的征服者
用你的头骨建造房屋
用你的血液调制琼浆
用你的眼球观察宇宙
那是一次怎样的壮举？
怎样的血腥和惨烈？

七

什么都不用说
只要用你的盖头一角
捂紧嘴角的羞涩
你的高贵就扑面而来
只要站在你的木筏子上
挥动有力的双臂
你的舞姿就在浪尖上回旋
只要你把手举过双肩
跪伏与叩首之间
你的虔诚就弥漫世界
只要你谈起河流和骆驼
历史就停顿了下来
你的岁月就飘满风雨

什么都不用说

都在你的眼睛和血管里
在骨髓里

第三章　梦影拉长的时光

八

闭目，凝神
午夜的寂静里
已经死去或是活着的
熟悉和陌生的面孔
一一掠过

我为他们诵读一句颂词
“乐园将被带到敬畏者的附近
火狱将被陈列在邪恶者的面前”

谁将在死亡中永恒？
谁将在生活中消亡？

九

谁在浪尖上舞蹈？
谁在花丛中微笑？
谁在屋檐下避雨？
谁在长夜里哭泣？

那是怎样的节奏和旋律？
怎样的妩媚与回首？
怎样的苦难和不幸？
怎样的思念与伤痛？

一个民族苦难的历史
一位女人苦涩的一生
一名男子低首的尊严
一段爱情疼痛的烙印

还有幻影梦者的一生追念

十

早晨，谁在晨光中
寻找母亲的怀抱

中午，谁在烈日下
耕耘大地的胸膛

黄昏，谁在夕阳里
凝视佝偻的影子

十一

辽远的天空下
布下朵朵白云的歌者
无边的草原里

驰骋白骏马的歌者
高高山顶上
捧圆黄黄月亮的歌者
七色彩虹下
期待诞生一双马驹的歌者
彻夜的篝火旁
照亮父亲白发的歌者
珠穆朗玛峰上
绽放鲜丽花朵的歌者

此刻，静夜聆听的旅人
心里流过一条清清的河流
血管里涌动着草原的风暴
骨头被声音唱碎

十二

一悬梦说出来就是影子
一团影子拉长了就是时光
一段时光破碎后就是浪花
一朵浪花绽放成了火焰
一团火焰燃烧到深渊
一条深渊走到尽头依然黑暗
一些黑暗处处是蛇的微笑
一丝微笑看上去就是诱惑
一枚诱惑掀起的是涟漪
一波涟漪荡漾着青春

一些青春升起就是风帆
一船风帆展开就是翅膀
一双翅膀轻轻擦过湛蓝的天际
一蓝天际其实就是一片湖泊
一个湖泊倾诉语言
一句语言说出来花朵
一座花园映红一代女子的脸
一张脸红了就陶醉帐篷
一座帐篷满满都是情歌
一首情歌唱久了就是闪电
一条闪电划伤了一颗心
一颗心向着西方跳动
一次跳动只为一个孤独的人

十三

“天几乎要破。地几乎要裂
山几乎要崩”
那是怎样的迹象？
怎样的贪婪和欲望如此膨胀
怎样的罪恶如此疯狂
怎样的黑暗和诱惑如此旺盛
怎样的驱逐如此壮观
怎样的语言和破碎如此沉重
怎样的崩溃如此惨烈

十四

“当太阳黯淡的时候
当星宿零落的时候
当山峦崩溃的时候”

那样的时刻
心一定跳出胸膛
头发一定在瞬间变成白雪
而且纷纷飘落
身体的每一个骨节
一定发出悲凄的呼声
大地将被展开
焚烧罪恶的火焰将被点燃
野兽被集合，飞禽列队叩首
从善者的面目光华四溢
从恶者的面目黧黑笼罩

那样的时刻
火焰喷射出宫殿般巨大的火星
号角将准时吹响
天将被天劈开
花园的许多门徐徐打开
火也将被火烧通
火焰的绳索纷纷打开

那样的时刻如此壮观和破碎

第四章　撕碎的光明与黑暗

十五

至尊者说：光明和黑暗啊
你们还是彼此吞噬
彼此侵蚀或者仇视到终结日！

用光明创造天使
用天堂的泉水浇灌天使的心灵
让语言变得清澈透明
让善良和美浸润宇宙万象
天使轻盈如蝶
把三段赞词和五种跪姿
铭刻在右肩的金碑
铺开一段天堂大路

用黑暗创造恶灵
让黑色的花朵开满世界的角落
时时刻刻，把蛇的微笑
演绎成人类沉重的罪恶
恶灵诅咒遍地
从角落到角落
从阴影到阴影

把邪恶和诡秘融入人类的血管
天地间布满诱惑

光明与黑暗
是至尊者注定的相互吞噬的兄弟

十六

一种伤痛扎入身体
就会有血流的声响
隐隐消失的阴影
一种细微的涌动
还有绽放的灿烂
渗入骨髓的凉爽
还有映透眼睛和心脾的蓝色
从天空直抵额首
直抵伤口的忧郁……

十七

对着太阳说：用你光明的手
翻遍我身体的所有鳞片
还有血管和骨头
把泛滥的黑色置入黑色的深渊
把滋长的红色置入红色的源头
对着月亮说：用你纯洁的手
濯洗我心灵的所有污点
还有语言和目光

把阴暗投入时光的炉灶彻底焚烧
把明亮捧在岁月的手心尽心呵护
对着自己说：用你的血
浇灌大地的花朵
用你的血燃烧整个世界

十八

从泪水中看清泪水的人
一定在眼睛里汇聚过很多泪水
从皱纹间看清皱纹的人
一定在脸上刻满生活的碎片
从伤痕中看清伤痕的人
一定在心灵划满情感的伤口

你在泪水中看见了谁？
皱纹间是怎样的生活？
在伤痕中又是谁的伤口？

十九

躺下身子生命就宁静了
静下心时世界就宁静了
放开双手两人就宁静了
睁开眼睛黄昏就宁静了

宁静的还有一滴燃烧的血

二十

把梦捧在手上能怎样?
把自己塑成金身能怎样?
呼风唤雨又能怎样?
开天辟地又能怎样?
时光面前：不过是一夜风尘
所有的梦和身躯将被腐朽
骨骼和精血
头发和眼睛将被融入大地
所有的名利将被风尘撕碎
思想和灵魂将被风尘撕碎
时光深处：有声音说
一切善恶将置入天平
每个人将在水中
或在火中看见自己的脸

二十一

“以太阳及其光辉发誓
以追随太阳时的月亮发誓
以揭示太阳时的白昼发誓
以笼罩太阳时的黑夜发誓
以苍穹及其建筑者发誓
以大地及其铺展者发誓……”

黎明必将到来

宇宙深空将吹响号角
人类将纷纷走出墓穴
从善者必有天堂和美女的赏赐
从恶者必有火焰和火绳的惩罚
那日：天将像熔铜，地将如彩绒
彼岸隆隆升起
攀爬天梯的人
每一步都是众神的祝福
陷入火狱的人
每一刻都是恶魔的诅咒

鸟翔花开的花园徐徐展开
巨大的火星滚滚而来
一切必将在白昼和黑夜之间
如期到来

第五章　时间两侧的颂歌

二十二

左或者右，伫立山峰
依然看不清两侧的风景
白或者黑，静坐子夜
依然分不清两侧的色彩
还有孤寂
还有渐走渐长的影子

另一侧的凄凉和酸楚
另一侧的喘息和壮美
那里：风在风的一侧长眠
花在花的一侧暗泣
左侧的窗口传来的呻吟
右侧花园里灵魂的独语
一侧的夜在夜里宁静如水
一侧的歌在歌里骚动不安

二十三

谁放飞的鸽群
掠过额首的天际
传递天堂的喜讯
在镀金的门前颂读三十三段颂词
谁把坟穴的窗口打开
让灵魂回家
重温早年的生活
让祈祷词在殿宇里弥漫
从唇齿间轻轻起飞
清点隐隐作痛的伤口
搭建花簇的长廊
把心贴向真言
把额首贴向大地
把语言贴向花园

最终啊，让灵魂闪电般驶过那座桥

驶过那座桥……

二十四

选择一种角度，在五楼阳台
静静地看一团云
正好是两峰昂首的骆驼
　　阿拉伯沙漠传递真言的骆驼
　　先知出现在麦地那的骆驼
　　东迁路上驮经的骆驼
再换一种角度看这团云
　　是巴塘草原见过的那匹白马
　　老家农村梦想过英雄的那头毛驴
　　童话里的雷雨公公

此刻：黄昏在滴血！
洗染了变幻中的驼峰和马鬃
洗染了五楼阳台上的灵魂

二十五

怎样的痛划伤皮肤？
怎样的痛扎入血管？
怎样的痛撕裂心肺？
怎样的痛渗透骨髓？
怎样的痛破碎梦幻？
怎样的痛遍体鳞伤？
怎样的痛静如湖水？

怎样的痛在痛中流血？
怎样的痛在痛中笑歌？
怎样的痛在痛中起舞？
怎样的痛在痛中哭泣？
怎样的痛在别人的痛中？
怎样的痛在世界的痛中？

二十六

看不见的风之手
一夜之间梳理了大地的头发
树木飘落树叶的头发
河流翻滚波浪的头发
石头的头发，苹果的头发
静静地沐浴着风手的抚摸

看不见的光阴之刀
时时刻刻雕刻着世界的脸
把约定的契文刻入生命之血
把岁月的裂纹刻入心碑
刻入石头和影子

看不见的目光的箭
不分昼夜地射伤隐秘的情感
匆匆回首的目光
午夜的沉默，直抵肺腑的目光
射出去就是冲天血光

而谁，究竟谁?
用一双手，一把刀和箭
轻轻弹奏真理的乐曲

二十七

更多的涟漪
怎样静止着一条河流
怎样把一波一波的心事撞出眼泪
把早晨或者夜晚的伤痕刻入时间

怎样的语言收敛波动的翅膀
在人的心灵花朵般悄然开放
把人生的秘密储存在透明的水里
用目光重复着碎片中的风暴

告诉自己：不要随意扔出一块石子
不要吹动湖水的梦

二十八

草原奔驰的骏马
嘶鸣，扬鬃狂奔
踏碎黎明的帐篷
骑手的口哨深入骨髓
溪流还在流淌
格桑花在天边开成寂静的风景

拴马桩依旧还在
炊烟袅袅
而卓玛的情歌不再从河边唱起
只有夜深人静时
清清的水流诉说一段苍茫史诗

格萨尔时代姗姗出现！

第六章　半扇大门里盛开忧伤

二十九

一堆火焰的词
燃烧在唇齿之间
如果还让我说出美好的词语
就用这火焰烧红十万里月光
照亮你的梦中石屋
还有黎明前泛潮的体肤和呻吟

如果还让我说出目光深藏的秘密
就让百万头牛的喘息紧贴耳根
说出玫瑰一样的美
绽放你九十九道河的岸边
那里：鸟语花香
　　　波涛起伏

三十

一滴水就有一滴水的晶莹
一滴水的亮丽清澈
一滴水的波涛旋律
一片叶就有一片叶的展姿
一片叶的歌声赞词
一片叶的舒畅温暖
一块石头就有一块石头的圆润
一块石头的跪姿纹理
一块石头的沉默缄语

无论北方还是西方
无论风雪还是云雨
都有自己的天象和血脉

三十一

一半的先祖围火舞蹈
一半的猎手攀岩围猎
一半的光明在阴影里跪伏
一半的黑暗在阳光下哭泣
一半的孤寂在孤寂中
一半的思念在思念中
一半的炊烟在祖母的心里
一半的耕耘在祖父的手里
一半的月光洒下水

一半的太阳流下汗
一半的泪水滴穿心壁
一半的歌声唱尽天涯
一半的影子隐入影子
一半的波浪涌动波浪
一半的男子潮水般涌入殿堂
一半的女子蝴蝶般翩跹飞舞
一半的目光在花朵上
一半的语言在生活上
一半的呻吟在黎明
一半的呼唤在黄昏
一半的鸽群在葬礼的早晨飞翔
一半的祈祷从高地的午后开始
一半的人看见了天堂的侧影
一半的人看见了火狱的舌焰
一半人跪在殿宇
一半人伏在大地
一半人向右，一半人向左
一半是瞬间的快乐
一半是永恒的痛苦

三十二

什么样的黑暗
覆盖了一个人对生活的点点希望
水流出了水的眼泪
石头沉默出石头的姿态

依旧从午后醒来
变成孩子
像从前那样光着双脚
忧伤地凝望一条大河
恍惚之间
听到很多年之前的歌声
从汹涌的浪尖飘来
从峡谷深处巨大的石缝间飘来
从自己的血管里飘来
从花椒树下
从子夜时分的篱笆房里飘来

月亮因此轻轻地抖动了一下
牡丹花在夜色下宛然盛开
蝴蝶与蝴蝶
正在完成一次神圣的交媾

三十三

告诉我你是谁?
为什么总是远远地注视我
像阳光一样洒在我的世界
淡淡的微笑
看我一天天花白的头发
看我像一块隐入清水的石头
看我的身影在夜色中消失
仿佛村中矗立的那座清真寺

那么沧桑和安静
让心空布满一种云彩

告诉我你是谁?
为什么你清澈的眼神里
还有我沉思的姿态
那样从容淡定
伸成两条手臂
拽我滑向黑暗深处
或者远走他乡

告诉我时间的颜色和方向
那些阳光一样明亮的东西
内部到底还有什么?
它使我佝偻
使我对生活如此睿智?

三十四

请你打开我
无论我的黑夜里还能看见什么
我的孤寂，我的痛楚
正在泛滥的欲望和罪恶
血液里流淌的智慧和诗歌
还有暗暗哭泣的恓惶

请你打开我

我期待暖流和照耀
期待洞然打开的一条途径
通往你的眼睛和骨血
还有最终的梦

打开我身上的恐惧
让它蜿蜒流淌
让霞光喷薄而出
让内心的一颗泪滴入黑暗
让那道霞光
轻轻朝我挥一挥手

三十五

风啊，风
请打开你的栅栏
让天空变得更蓝
让秋水涟漪得更加妙曼
让笛声变得更有些伤感
让一小片孤寂
从遥远的天际
一直蓝到你眸子的最深处
看到你的心渊

此刻一定有一些事情正在发生
最壮观的晚霞开始消失
倾诉变得更加痛楚

那匹长嗥的红狼凝视你
让冰山消融
让你躺入花丛飘飘而飞

风啊，风
请解开你的衣衫
这里就是爱情

第七章　圣者葬礼的典仪

三十六

你应该知道的秘密
就在受孕的午梦
被造化的精血里
骨头被血肉包裹的隐线里
就在你的眼睛里
目光无影却能看得很远
心房很小却能装下整个世界

你应该知道的秘密
是树叶细歌碎语的颂词
是峡谷长风吹动的颂词
晨露滴下泪水的颂词
它就在你的肤色与血液之间
你侧身回首的瞬间

你最终的梦里！

三十七

用你的智慧再挖深一些
撕开我的皮肤
切断我的血管
再挖深一些
翻开所有的器官
我的身体是一片荒地
挖不出一块玉石
挖不出一星火粒
再挖深一些吧
大地的深处是先祖的骨骸
那么多亲人
在老家的高地
变成了滴血的伤口和怀恋
我曾清理坟地的杂草
看见无数只蚂蚁穿梭草丛
黄色或者白色的小花
开遍坟头
我发现有些事物
比人类活得还要纯粹干净！

三十八

还是让冰雪消融
并且流淌，渗透到大地深处

渗透到花朵和一棵树的根部
冰凉冰凉的月色里
还是让它在寒冷和肆虐中
流过每一座村庄和河流
让它发生灾难
在最后一刻变成火
变成磅礴飞溅的眼泪
让它的轰响和崩溃
向所有的事物点头示意
让发生的一切美变成泉水
融入血液
变成爆发的力量
让它忘却一个在时间里走失的人
用最后的挽词
拯救一位贫贱者和行善者

三十九

梦一团火焰
梦瓢泼雨水里的眼神
梦一座帐篷和帐篷前的罂粟花
梦你呼吸的风暴
梦你的脸
比月亮宁静
比水还要纯净
比瑰丽的晚霞还要诱人
梦一首诗刻上石碑

梦你的羞涩铺天盖地
故乡桃花盛开

梦一次奔波中的倾诉
沉重的诺言刚刚抵达天堂

四十

谁在黑夜里唱歌
花儿停止了绽放
风儿竖起了耳朵
月亮弯起了腰儿

谁在黑夜里唱歌
方格木窗被打开
麻雀相依相偎倾诉着衷肠
远远的村庄里有人走动

谁在黑夜里唱歌
两点钟的夜空睁开了眼睛
有人细细地呼唤
藏在孤独里的名字

四十一

死亡的感觉
是沉沉的黑暗泼下来的感觉
是血管凝固下来的感觉

是空气中弥漫一种气息的感觉
是旷世孤寂抵达胸口的感觉
死亡的感觉
就是泉水渗入大地
就是一种睡眠和梦
是自然成熟的果实和一种痛
一种惨烈的美
死亡的感觉
是骨髓抽出骨髓的感觉
是心脉划伤心脉的感觉
是花朵睡入花朵的感觉

……死亡
生命最终的幻影

四十二

让我继续为一个人的死亡祈祷
祈祷中继续生活
写经典的诗歌
让风长出翅膀，但不要擦伤我的天空
让水说出语言，但不要污蔑我的河流
让一切变得更加美好
让我重新叙述一个人的记忆
保持温暖的痕迹
还要从痕迹中找到那双抚摸的手
让额首开花，让每一瓣花缀满祷词

让泪水飞翔，让每一滴泪涌动虔诚
无论怎样的忧郁和悲伤
我依然注视你的光芒与爱
在宇宙深空悠远地轰响

第八章　时光里雕刻的沧桑

四十三

即使锋利的语言
水的微澜和时间的手
无法承受的阴影
都不能使我伤感
我午夜睡去，早晨醒来
徜徉在日月的光华里
在自己的世界里聊天喝茶
欢乐被欢乐放大
笑声被笑声荡漾
我感觉不到那点隐隐的伤感
也没见过伤感的红泪
它滴淌在心渊
燃烧在眼睛的深穴
汹涌在血管的最蓝处
我想象着伤感的红泪
依然在午夜睡去

四十四

一分钟该有多长？
一片白云在苍穹下只是变幻了一下形态
一场大雪刚刚开始
一句话震动一次心灵
三段颂词弥漫了整个村子
我是说，我正在用一分钟的时间
把你的怀念变成了白云
飘洒成了雪花
流动成了一河的温暖
我是说，我的世界里
处处都能听到你飞翔的赞颂词
我是说，我用一分钟的时间
把你分解成周围的事物
想念或者怀旧
为你祈求一抹大光的照耀

四十五

七只白羊在阳坡吃草
七只黑羊在阴沟饮水
七峰骆驼沿着沙漠跋涉
七匹红马驮起一片森林
七头牛牵着笛音回家
七首歌唱给美丽的女子
七座山为着圣者低泣

七眼泉水滴淌的全是传说
七根木头沉下筏子客的命运
七段赞词飞翔天际
七岁的童谣里村庄沸腾
七天的忧伤里坟地凄凄
七种善功在右肩
七种罪恶在左肩
七朵花开，七道愁深
七扇大门同时打开
七句真言刻入心碑
七首诗歌在时光里寂寞
七次梦幻在彼岸的光辉里沉默

四十六

这是怎样的失眠之夜？
一团从未有过的孤寂
犹如阴影黑压压地向你袭来
碾碎你的心肺和血管
或许缘于一场生死角逐的大梦
童年看到的冷漠眼神
或许是狂风之夜侧身暗泣的泪水
心空刻满了伤痕

这是怎样的失眠之夜？
一张脸，另一张脸
从岁月深处

那么清晰地频频显现
一种笑，另一种笑
依然在耳边
那么爽朗而轻轻回响
心随着时间的指针跳动
记忆的影像一幕幕映入眼帘

四十七

心灵的高地住着喜悦
那里百花盛开
河流汹涌
蝴蝶的翅膀绘制花朵
山川和秘密

而我的那段诗句
诠释了什么？

四十八

秋天是天空洗浴的时间
湖泊静心的时间
午后的闲散与咖啡的时间
一人独语
三声叹息的时间
秋天的影子深过天涯
吹过的风
犹如刻刀雕琢的皱痕

有人抚额暗泣
有人从泪水中猛然醒来
看到的黄昏铺满落叶

我在宁静清澈的秋天
洗浴什么？雕琢什么？

四十九

哪一朵云涌动风暴？
哪一滴水流淌红泪？
哪一块冰消融心雪？
哪一句话雕铸真理？
哪一群人正为另一群人奔波忙碌？
哪里墓穴开挖？
哪里的老人正为亡者准备最后的葬礼？
一些尘土飞扬
一群沿着墙根蹲坐的人诵经掌手
一群天使忙着一次典仪
一团黑暗近在眼前
烈火的焰舌近在眼前
一团光明很远
芬芳的花园就地绽放

最烈的风暴
将撕碎宇宙
我们将在谁的号令下

蜂拥而聚？

第九章　额首满是祷词的花朵

五十

我指着湖泊说：这也是天空
那里有闪电和风暴
也有清新的风和涌动的秘密
我指着眼睛说：这也是世界
那里有阴晴圆缺
有善良和罪恶
也有汹涌的河流和疯狂生长的骚动
我指着水流说：这也是光阴
它的流淌比金子还要珍贵
细小的浪花刻满天象密码
我指着影子说：这也是光明
它从不在阴暗里出现
从不歪曲身影
珍藏你一生的欢乐与痛苦
我指着自己说：这也是命运
从早晨的童歌唱到黄昏的忧郁
那里全是苦难拼接的欢乐
也有蓝色的爱情和梦

五十一

我纯洁无瑕
就像白色的石头
一片烂漫芬芳的鲜花
焕发的光泽原始美丽
浸透心肺
而我已经被污染
心灵流淌的泉水
在语言的漩涡里变得混浊
天空般明亮的眼睛
布满贪婪的乌云
开始回避白天和亲人的目光
喜欢醉歌梦爱
喜欢众星捧月的光华
我知道自己被污染得面目全非
真想回到婴儿时代
让自己变成一簇箭
射回飘动着的白云
缀满纯净的天空下
让雪水洗涤全身的血污
置入花朵与白色的石头
泉水般流淌在自然的渊涧
我原本纯洁无瑕
要唤回石头的光泽
花朵的艳丽

五十二

沉重的气息
自苍穹深处压下来
天空和飞翔的鸟群压下来
云层和阴暗的目光压下来

压下来！空气被挤碎
弥漫着腐蚀的味道
天空倾斜，飞翔变得漫无边际
沿着向北的山脉
再也找不到栖息的那棵大树

压下来！云层越来越低
触伤了翅膀
脱落了羽毛
让目光纷纷起立
迎接最终的典仪
旷世的孤独和伤痕里
还有终结日的消息

那日：花儿为着凋谢哭泣
山岳为着融化撼动
海水为着沸腾呼啸
人类的血肉之躯
怎能承受如此沉重的毁灭？

五十三

恩赐者啊！
请赐予我宁静安详的死亡
让那一天黎明，宣礼声如期传来
鸟鸣依旧清脆悦耳
哪怕怎样沉重的痛苦
不要黯淡我眼睛的光泽
我还想看房前的那棵核桃树
听黄河东流的涛声

请赐予我宁静的死亡
让周围的空气宁静下来
让孩子们心灵的痛楚宁静下来
赐予我一点点时间
需要道别，互致平安
我喜欢泉水和洁净的白色
就赐予我一次濯洗
一次庄严而神圣赴约的典仪
赐予我宽敞的睡眠之地
让我远远地守望自己的花园
不是泪水泛滥海洋的花园
不是哭声涌动波涛的花园
请赐予我宁静安详的死亡
赐予我金杯和银盏
赐予我奇花异香的花园

五十四

没有谁真正注视过我的眼睛
那里曾波动过蜂蜜般的水
有过疑惑和骚动不安
也有过燃烧的火焰和狂烈的风暴
想注视一次的时候
我或许已经闭上了眼睛

没有谁真正聆听过我的倾诉
那里曾绽放过潮晕般的花朵
有过传说和英雄神话
也有过碎裂的爱情和崩溃的梦幻
真想聆听一次的时候
我或许已经失去了记忆

每个人啊
无论注视一次，聆听一次
只在呼吸瞬间

五十五

该如何从宣读开始
让人类宣读生命的光辉
宇宙的奥秘
让母亲在梦里沐浴恩泽
让梦在梦中看见血光

让血光一侧的十指状如兰花
让人类在宣读中长久地相互注视
那里全是隐秘
宇宙运行的隐秘
情感流淌的隐秘
时间年轮和生命延绵的隐秘
让我们在宣读中看见太阳的血
海洋的呼吸和泉水的铜镜
让我们听到旷世的叹息
通向黑渊的石梯和大门
让我在宣读中独坐深夜的长廊
从宣读开始
一切也将在宣读中终结

五十六

终结日那天的黄昏
群山犹如融化的雪糕
闪电划开天空的一道道崩裂的伤口
大地深处发出疯狂的怒吼
天使吹起号角
这仅仅是一次日落
还是一悬永恒的噩梦？
我与自身的距离越来越远
天空的云卷变幻成真言
刺痛黑暗和罪恶的眼睛

白昼在白昼里跪伏
黑夜在黑夜里暗泣
珍珠般的少年纯洁的处女
列队走过鸽群搭建的长廊

祈求赐予我们
一棵树下凉爽的恩典
一根绳索搭向天梯的恩典
一捧源自宝座下的泉水
一位天使的祝福
还有音乐流淌的傍晚

让我从终结日
走向始终回响着赞词的花园

第十章　微澜清水的静与蓝

五十七

最深的静是天空的静
飘浮着白云的远山的静
天空喘息的静
一枚落叶在流水中的静
一抹红晕漫上少女脸庞的静
一座村庄黎明时醒来的静
一缕炊烟升腾的静

房檐下的鸽子梳理羽毛的静
白猫跳过墙顶的静
呼吸的静
血液流过血管的静
血肉滋润骨头的静
女子梦中惊悚的静
最静的静
墓穴里黑暗的静
空气中燃烧的静

五十八

从这个角度望去
刚好是半个美人脸
一半光滑明亮
另一半贴在世界的阴面
阿尔法山上
午夜沉默的人
看见了流淌的泪水

依然从这角度望去
一半的男人被美丽击伤
另一半的世界在泪水中漂泊
侧身那一刻
天堂的花朵纷纷凋谢
火狱的哀愁层层涟漪

五十九

谁在七日之内
用土地的元素创造生命
让肌肉包裹骨骼
让血液沿着遍布身体的血管
奔腾不息
谁以森林之肺吐纳一种气体
让微尘之粒排列有序
从云中降下雨雪丰润山川植物
把爱和一切植入肌肤和目光
谁让一条看不见的河流
平缓地流过每一条生命
无声无息
却无情地刻下时间的皱纹
直到淹没　粉碎和吞噬
融入大地深处
谁将从深穴复原生命
打开右肩或者左肩的书簿
让善良开花
让罪恶燃烧

六十

我的目光依然清澈
还能看清阴暗里的阳光
也能看清阳光下的阴影

我展开的双臂依然宽厚
还能拥抱脆弱的双肩
也能拥抱信仰的绳索
我庆幸自己的命运
黄金家族的血缘源源不断
风雨雕琢的刻痕清晰可辨
我依然自由地呼吸
黄河的气息
大山的气息
骆驼的气息
我依然在目光里洗涤自己的眼睛
在迷茫中寻找遗失的风骨

无论这个世界正在发生什么
我是幸运的宠儿

六十一

太阳还在地球那壁行走
东方高地的撒拉尔孩子
跪在旷野之上
祈求你在星宿隐去之前
褪去黑色的面纱
让我们看到世界的根须
光芒四射
照亮上山砍柴的孩子
击伤下地锄草的女子

六十二

地球那壁鹿群奋力奔跑
猎枪发出死亡的气息
梅花鹿倒下：金黄的树叶纷纷落地
而我在午夜
闭眼就能看见一种颜色
湖水微澜的颜色
阴山一角那片枯草的颜色
一杆枪端平之后
感受到的一种飞翔的死亡
一只飞鸟的哀鸣
一颗子弹的愿望

此时此刻
一半的世界在睡眠中
一半的世界在奔波中
而我还在一棵树下
为一种消亡安排最后的典仪

六十三

像闪电一样从心空掠过的
梦：黄金在水中燃烧
大河两岸笙歌袅袅
我正和自己的影子安排朋友的葬礼

鸽群划过深秋湛蓝的天际
宣礼声按时从村庄中心弥漫开来
每个人的心灵发出震颤
时间的断垣处
该用怎样的额首之花
洞开黄金大门?

第十一章　鸽群划过憔悴的天空

六十四

谁让比深空还蓝的蓝色
比血液还红的红色
比肤色还凝重的黄色
纷呈万象，而且各行其轨
你说谁是王?

谁把微尘植入肉体
让大地如此葱茏
生长粮食和水果
用金属的元素塑造骨骼
用精和血调理肌肤
谁用时间的魔力
调制一种分秒不差的公平
让每一种生命鱼贯而入
最终与土地融为一体

你说谁是王？

谁用一种韵律延续生命
谁用一种光环呵护家园
谁把七十二万种奥秘
植入每个人的血肉和时间之中
谁把真言刻在额首和心碑
你说谁是王？

谁是宇宙的王？
谁是时间两侧的王？

六十五

谁把最朴素的哲理暗藏于自然的角落
指引宇宙沿着一个原点运行
循环血液到骨骼与皮肤
指纹与瞳仁间呈现怎样的天象？

谁以兰花般的十指祈求福泽
赐福善良虔诚的先哲和子孙后裔
远离宫殿般巨大的火焰
赐予云朵和阴凉
接受天使美好的祝福和赞美诗
至高者啊！我是一个罪人
我用骨血和身体为着贪婪恕罪
承受我五种时刻的祷词

赐予我光明
使我变得更加轻盈透明
闪电般穿过细如发丝的大桥
沐浴恩典和怜悯的细雨

六十六

我从小就想脱掉自己
从影子里走出来
重新沿着一种光芒寻找脚印
走到世界的尽头

每个人都在寻找自己的路
而注定的命运之手
指引你走向西方的星空之下

六十七

置入风中听风的赞美
沉入水中听水的流动

隐入树叶看纹理走向
凝视石头让石头开花

云在云上千姿百态
花在花中争艳斗奇

自己在自己的影子里憔悴

时间在时间的阴影里消失

终于有一天
我听到一段最美的声音
从地平线传来
那里的光明一直照到天堂

六十八

束紧腰身的岂止是女人
还有花瓶和翠竹

恩爱散步的何止是情侣
还有夕阳下偎依的麻雀

迎风飘扬的不只是经幡
还有缠在头上的达斯达尔

跪伏祈祷的信徒之外
还有夜幕下面西而跪的石头

你之外，我之外
他之外，你说还有谁？

六十九

谁聆听过翅膀与天空的对话
谁就能抵达天堂

谁看见波浪的花朵
谁就能看见天堂

谁在黑夜的花盆里种植玫瑰
谁把影子拉长
让太阳悲壮地沉入深渊

大地如此厚重深邃
天空如此轻盈飞翔
我在第六十九件碎片的裂痕深处
怅然如斯：谁啊？

七十

终有一天
死亡的蓝光闪耀屋宇
血溅在血上映红天际
祷词重叠的声音涌动成海洋
白鸽齐翔

我看到身体轻盈如蝶
时间喘息
看见世界怀揣泪水
准备一次庄严的葬礼

那一刻：花园芬芳馨香
主宰用土把我画在了大地

第十二章　时光里脱下身体的碎片

七十一

直到有一天

我在时光里脱下自己
消失在自己的影子里

我脱下了什么？
消失了什么呢？

七十二

水穿着火的衣衫
蝴蝶披着花朵的灰烬
月亮跪下
伏地叩拜宇宙的主宰
太阳消融
清澈之水布满天堂的角落

眼睛，双手或者嘴巴
每一个器官相互指责
相互索债
星球般巨大的火球开始升腾
灵魂纷纷逃窜

大地如纸张般被撕碎
宇宙像玻璃般碎满一地
这一日：水与火
徐徐打开自己的大门！

七十三

谁让你和你担柴的妻子
在启示之夜
燃起火焰焚烧真理的呼唤

你怎能烧毁这真言！
你必定两手受伤
你和你的妻子必定受伤
你的颈上必定套一条坚实的火链

千百年来诵经的人
必定诅咒你的罪恶
诅咒你落入深渊

那场面：如此真实而壮观！

七十四

我惊悚于一条幽暗的通道
一段赞词飞翔耳边
亡者频频回首

哀怨的目光灼痛心灵的皮肤

伤口隐隐作痛
空气凝固
一团黑暗犹如石头重重砸来
我诵读一段祷词："至高者
没有生产，也没有被生产
没有任何物可以做他的匹敌"

我惊悚于目光的灼伤

七十五

赞叹闪电，它的瞬间里
刻下了我惨烈风暴的性格

赞叹石头：它的纹线间
看见了自己沧桑无比的脸

赞叹水流：它的涟漪里
波动我春柳秋叶的心

赞叹大地：它的胸怀里
揣着我万年的骨殖和血

七十六

光彩照人的裸体夏娃

悠闲地坐在天堂门口
吃一只苹果
蛇，在暗光下微笑

红苹果，紫苹果，蓝苹果
夏娃优雅地置入天堂之外
从此，山川大地
疯狂地生长欲望和贪婪

我在第七十六首诗的废墟中
也看见蛇的笑容
却没看见裸体夏娃的美貌

七十七

鸟的翅膀划伤天空的心
花的芬芳潮红男人的脸
水的涟漪荡漾少女的情

石头依然是石头
额角的纹线如此清晰
雪片依然是雪片
舌尖的寒风如此凛冽

谁最先听到天堂放飞的鸽哨
还有谁用九十九朵花
编制自己天堂般的屋宇

第十三章　大风吹开伤痕的孤独

七十八

此刻的情绪不是玻璃的碎片
不是昆仑玉石的碎片
不是骨头的碎片，陶罐的碎片
不是天空的碎片

门窗的玻璃依然透明净亮
润泽的玉镯依然在手腕上晃动
骨头还在暗夜里燃烧
陶罐置于博物馆陈列参观
天空倾斜

破碎的是辽远的天空的蓝
凋谢枫叶的红
渗入骨头的透明
还有一个人的孤寂

七十九

风吹动着风
花盛开着花
水流淌着水

珍珠般的童子穿梭走廊
蜜汁般的酒河日夜流淌
月亮般的少女轻歌曼舞

云在云上飘动
山在山中跪伏

呵呵，这就是天堂

八十

老家的那些村名
红庄，白庄，石巷，街子
深藏着巷口的秘密

红墙之下，被男子的目光
挤向墙角的女子
用盖头一角掩着樱桃般的嘴
惊鹿般跃过
身段和影子如此的美

白色村庄的那棵树下
绿色旗帜升起
两千勇士的声音
至今仍在午夜里呐喊厮杀

石头的巷子灯光昏暗

披着月色赶路的男子
叩开一扇柴门
在核桃树下跪伏

街子的屠户眼睛泛红
街头羊血成河
宣礼声如期传来

老家村名在母语的河流穿行
流淌的全是记忆和传说

八十一

从五楼的阳台望去
对面淡紫色的窗帘已经拉紧
一个人影：在站与跪坐中
修筑一条花园之路
额首之花开得五颜六色
一直通向天堂

世界上，所有的人
都在修筑自己的路
有的向右偏一点点
有的向左偏一点点

最终
没有不偏不歪的道路

只有不偏不歪的裁决

八十二

如果非要忧伤
那就告诉那忧伤
让它先在玫瑰中培育玫瑰
如果非要采撷
那就告诉那采撷
让它先在黑夜里寻找黑夜

如果非要呐喊
那就告诉那呐喊
让它先在沉默中学会沉默
如果非要破碎
那就告诉那破碎
让它先在坠落中穿越坠落

如果……
那就先让它彻底地焚烧和毁灭

八十三

一个人的孤独不是云的孤独
它在瓦蓝瓦蓝的天空
随意飘荡
随意拂动目光最脆弱的部分

一个人的苍茫不是岁月的苍茫
它在身体的左右前后
随意刻画
随意伤害心灵最柔软的部分

我是说，最深处的孤独
只有自己的目光才能看清
最隐秘的苍茫
只有自己的心灵才能感受

我是说，我们谈论孤独和苍茫的时候
少年看见了上帝的笑容

八十四

黎明：我捧一颗滴血之心
沿着光阴的边缘
从淡去的星光中
寻找宇宙运行者的轨迹

却在时间的峭壁
发现太阳搬来光芒的梯子
照耀行善者和祈祷者
爬上天堂

天堂那边：夜空如水
灯盏和面容都是水

昼夜在水中相融
光泽丰润的天使
为每个人准备最后的土地和果实

第十四章　举过双肩的世界

八十五

时间的顶层：宇宙坍塌
仰首苍穹深处
自己正牵一匹白马匆匆赶路

而另外的空间：我的身体
披着欲望和饥饿
用自己的仇恨之手
指证一次泛滥的罪恶

八十六

把自己置入每个人的视线之下
低过一根草
低过一块小石子
低过脚下呻吟的路
低过谁都不曾看见的一粒微尘

最好低过尘中微尘
不要让别人看到自己的影子

闻到一丝气息

置入最低处！
低于什么我都毫无怨言
如果非让我消失
我无能为力
主宰没有给我消失的权利
我只能低低地活着

八十七

终结日那天
世界犹如一片光滑的蛋壳
我躲在自己的坟宇
看见成千上万的灵魂拥向洞口
不同语言的祷词此起彼伏
啊啊，谁都是孩子
谁都曾是花朵
也会是一堆灰烬
宽恕我们的祖先
宽恕罪恶与劣迹

宇宙坍塌
巨山融化，海洋沸腾
影子开始与自己指证罪恶

终结日那天

向右倾斜的灵魂白袍加身
向左倾斜的灵魂火衣披身
至高者的宝座如期出现！

八十八

秋风在疯狂肆虐
落叶铺开金黄的毯子
随意伸展了身躯

大地阅读和收藏一切
从凋零中读懂了死亡的眼神
从漂泊中看清了生活的颜色
世界阴影的侧面
一场风暴还远在冬季

天空在哭泣
我拭去大风中哭泣的天空之泪

八十九

先于自己感知不幸的
是一只玻璃杯
它毫无缘由地从手中滑落
碎成一地的陷阱和叹息

还有花朵
黄昏时分刚刚绽放

却在午夜凋落了花瓣

也许还会有一颗石子
从侧身飞来
不偏不斜正好砸碎
你双手捧着的
脆不禁风的远古陶罐

相信每个人都有过这种经历
灾难之后
至高者叙述所有的细节

九十

死亡：是伤痛的一滴泪
是黄昏时刻缄默的男子
把右脚伸入花园的瞬间
撕心裂肺的哭泣和泪水的海洋
是从善者诵读的祈祷词
是蝴蝶般轻盈飞翔的灵魂

是浸漫每个人的黑色河流
从脚到头
从影子到影子
把自己画在了大地
把声音融入了思念
把影子深深地刻在了亲人的心碑

死亡：最公平的恩赐

九十一

谁凝视过血？殷红的
饱满的红色内核
翻滚着撼动浩瀚宇宙的力量

怎样的符号重组血的元素
至高者造化生命的那刻
血被赋予了诞生的喜悦
死亡的悲痛
最悲壮的牺牲
伴随着骨骼和灵魂
穿越火焰与桥

直到末日：谁发现了血的秘密
就能看见那高贵的宝座

第十五章　红血的天象与密码

九十二

一次睡眠
无论多么甜美和煎熬
黎明之后如期醒来

一场梦，从梦到梦
似乎经历了一生
时间却依然在午夜徘徊

一场冬雪枯竭草原
开春时节依旧生机盎然
一片落叶归向何方
只有秋风暗暗泣血

人们啊：时间的另一方
就是一次睡眠和梦

九十三

经筒转动：赞词在嘴角飞翔
天空因此蓝入你的骨髓

宣礼声回荡：虔诚在河边跪坐
河流因此涌入你的血管

从塔尔寺到布达拉
从撒拉川到圣地麦加
藏人用头和足丈量信仰的轻重
穆民用心灵和额首消融罪恶的触角

行善者如一缕轻烟飘向天堂

行恶者如一座大山沉入火狱

九十四

老街拐弯的那棵柳树下
我曾伫立。缄默。避雨
有过情仇和角逐
午夜时分醉酒的光棍边唱边舞

记忆中秋雨连绵淅沥
压低帽檐的男子靠墙走过
一声口哨映红三方天际
五种叹息中落日回家

拐弯向北的三楼门口
微笑。致意。挥手的
影子始终灼痛骨髓深处的骨髓
令我毫无缘由地
泪如泉涌

九十五

西宁上空回响的宣礼声中鸽群起飞
虔诚的信道者纷纷涌向清净之地
天堂门开

主麻日：谁的火焰疯狂燃烧
蛇舌般焚烧你

谁的泉水清澈涌动
阳光般滋润你

你终究看见一个时代的碎裂
天象的颠覆
城堡与梦想的毁灭

九十六

经典打开
宇宙颤抖三次
引发了海啸，地震和雪崩
诵经的人：泪花开遍天园
虎狼侧耳倾听
草木垂首赞美

经典打开
天使的影子缀满夜空
诅咒者无法躲入心灵的角落
纷纷逃遁

经典打开
指引的音符飞翔
把美与善，赞与颂
置入洁净的高地
期待最终的圣光出现！

九十七

比目光看得更远
比脚步走得更远
比耳朵听得更远
比心灵感应更远的
到底是什么？

更远的远方
目光展开翅膀
双脚在浪尖上舞蹈
耳朵聆听世界的心搏
心灵被天空的蓝色灼伤
更远的远方
到底是什么？

九十八

星期五：怎样的阳光
才能照亮这金色天门？
怎样的脚步从脚下延伸到天门？
怎样的颂词才能被接纳？
怎样的诵读声感动天使和精灵？

星期五：怎样的鸽群搭建凉廊？
怎样的跪伏使白鸽起飞？
怎样的花儿开满额首？

怎样的身影才能走过鸽群的走廊？

光的翅膀擦亮宇宙
微笑着说：来，孩子
朝西走！

第十六章　赞词的翅膀缀满天宇

九十九

三十三颗念珠：神秘的编码
以无穷无尽的三系列
从深奥无渊的另一方空间
源源不断地释放一些迹象
重新解构
或者重新组合

少年仰首的瞬间
已经数到第三十三颗星星
偶然看见了主宰者暗藏的秘密
一道蓝光自深空直抵额前
击伤了少年的目光
却看见一个智者的光芒

三十三颗念珠：如果让它
散落整个世界

群山就会融化
海洋就会沸腾
石头就会开花

那是沉重中最重的赞词
是耀眼中最耀眼的光焰
是智慧中最智慧的语言

一〇〇

三十六种台阶
传说能走到通天的塔尖

那里的虎豹是兄弟
狗猫是姐妹
守护天梯的钥匙
吞噬火狱的骨肉

行善者扇动着翅膀
从恶者颈上套着火链
少年如珍珠
少女如花朵

智者的光芒
将在三十六种典仪中冉冉升起！

一〇一

请不要玩火，不要轻视它
不要对着火堆撒尿
要对火起誓
要看如火般热烈的女子
如火般的刀刃和生活
火是最终的刑罚
火焚烧金色银色的梦

不要污染水，不要截流它
不要对着水源撒尿
要对水倾诉
要从涟漪中看清岁月的影子
水一样清澈的心灵
水是最初的造化
水浇灌天地万物的根脉

不要随意伤害
无论大地和云彩
树木和雪原
或者孩子和老人的目光
世界已经很脆弱
心灵深处的世界已经很脆弱

一〇二

还是让我在一首民谣里
寻找阿里玛
她樱桃般红红的嘴
葡萄般黑黑的眼睛
竹子般细细的身段
杨柳般纤纤的手指
让我在一首民谣里
身上灼灼地焚烧
心灵暗暗地哭泣
眼睛远远地凝望
目光轻轻地抚摸

还是让我在一首民谣里
寻找阿里玛
寻找阿里玛的花瓣与果实
寻找阿里玛的梦

一〇三

如果把蓝色的星球置入整个宇宙
不过是沧海一粟
再把人类置入整个宇宙
那将会是什么？

如果把你或者我

置入群山和海洋
只是微弱的残烛
只要风吹草动就会消失得无影无踪
如果面对海啸，风暴和火山
我们又将会是什么？

应该确信
宇宙只是天堂乐园里的一团雾池
血液只是它随意泼洒的一滴红水
生命不过是它
任其组合的密码图形

一〇四

黑夜有黑夜的眼睛
一声叹息三声哭泣
隐入午夜深处
黎明有黎明的眼睛
挑开曙光之后
又被利剑刺伤
想象有想象的眼睛
用倚天把剑君临天下的英姿
与泥土和水挽手相拥
梦有梦的眼睛
在即将熄灭的最后一堆火前
准备亲人的晚宴

我用诗人的眼睛
在积石峭壁刻下垂青的诗句
在黄河浪尖盛开火红的情歌
每个人用自己的眼睛
向着熟悉的早晨和黄昏
打开心灵的窗户

一〇五

我们把自己的影子推远之后
母语推远之后
心底的那份善良推远之后
涌动在嘴角的赞美词推远之后
还留下了什么?

推远了最能触动心灵的儿歌
还有炊烟和母亲的呼唤
牧歌和田园
还推远了什么?

或许有一天
我们还会推远整个世界
推远自己的天堂

第十七章　爱的三声叹息是忧伤

一〇六

爱我的人在影子里凝神
恨我的人在旅途上奔波
想我的人在深夜里哭泣

我爱着的人孕潮再现
我恨着的人怀揣花朵
我想着的人面容憔悴

疼在心里不一定是爱
刻在骨子里不一定是恨
含在目光里不一定是思念

或许，有一个地方
有人为着疼痛和刻在心壁的爱
把歌从深夜唱到黎明

一〇七

在蝴蝶的翅膀上
我看到过肆虐的风暴
破碎的美
撕裂的闪电

一波一波金色的涟漪
从翅膀涌动到远方
静静地消失

还有午夜的情歌
还有低头走路的时间

一〇八

目光是最好的地平线
仰视，你就是壮美的风景
俯视，你却是一粒石子

双手是最温暖的摇篮
捧着，就是精美玻璃杯
松开，就是破碎的玻璃片

情感是最微妙的世界
爱着，就是尊贵的公主
恨着，就是卑贱的女仆

一〇九

摘不下那朵刺玫瑰
就让它艳艳地开着
开出野性的美，疯狂的美
开出破绽的美

驯不服那匹黑骏马
就让它任性地奔跑着
跑出烈烈的野，火焰的野
跑出骨质的野

索性让一切随意徜徉
也许真能看到世界的秘密

一一〇

不要随意地砍伐园里的榆树
树下乘凉的不仅是生活
还有祖父凉在树荫下的悲欢岁月
不要随意地砸碎窗前的花盆
盆里栽下的不仅是花朵
还有祖母梦在花影前的怀春羞涩
不要随意地斥责门口的乞丐
就让他吃饱穿暖
或许彼岸的天堂就在他脚下
不要随意地亵渎水与火
就让它清澈，让它热烈
那是天堂的恩泽火狱的法典

一一一

抚摸一块墓碑
除了姓名和生卒年月
找不到世事的影子

划开一颗心脏
除了心肌和殷红的血
看不见人生的悲欢

迎来一个早晨
除了光明和翱翔的鸽群
采不下太阳的光辉

诵读一段赞词
除了恩典和天堂的声音
听不到忧伤的叹息

一一二

就是牧歌里拖得很长的音节
触动最敏感的那根神经
让你沉沉地低下头颅
就是天空中蓝得最纯的蓝色
击伤最脆弱的那双眼睛
让你哀伤地默默低泣
就是语言里土得泛黄的问候
暖润最孤寂的那颗心灵
让你兴奋到黎明

为什么?
血管里升腾起帐篷的炊烟

哈达的蓝色映衬我的眼睛

第十八章　把梦，梦到天堂

一一三

为着一场雪地的礼拜
动容的不只是眼泪
震颤的心灵
不只是祝词，还有沉默
比黄金还要珍贵的忏悔

一场雪地的礼拜
一次身心的洗礼
让雪花作证：祷词确实纯洁而优美
让膝和手作证：信仰确实虔诚而坚定

我为着这场雪地的礼拜默泣

一一四

谁是谁的梦？
谁是谁最初和最终的梦？
谁的梦在梦中？
谁的梦在最初和最终的梦中？
梦中谁梦了谁？
梦中谁梦了谁最初和最终的梦？

谁？是梦谁？

一一五

从现在起，一定重新开始
认真濯洗自己的身体
远离阴暗和污秽
让心灵更加纯洁
认真清理从前的日记
该烧毁的付之一炬
该记忆的刻入心碑
在阳光下接受阳光的照耀
还要学会修补信仰和生活
祈祷，散步，探索知识
修筑一条通往彼岸的道路
燃起一团耀亮额首的火焰

重新开始：把一切
排列有序
把梦，梦到天堂

一一六

披着冬夜，回家途中
我突然想给诗歌一个定义
诗：不是午夜燃尽星光的沉默
不是窗帘背后美人的剪影
不是酒歌

不是凄美的秋色中吟诵的语言
不是舞姿，不是蓝色的忧郁
更不是玫瑰色的天堂
诗是节奏击痛的心壁
羞晕漫红的天际
时间臂端刻下的祈语
面对面的裸体

一一七

三个人的夜：与谁有关?
一人独酌
一人抚额沉思
一人悠闲地吐着圈圈烟圈
与谁有关?
三个人的夜
三种仇恨，三种欢乐
三种忧伤
或是三种痛苦和一样的记忆?

一一八

你在至高处
用泥土造就阿丹和他的子孙
用火焰造就悖逆者
而且，宽恕他们到复活日
让他们演绎伊甸园的诱惑
从此啊，人类的欲望里有火

饥饿里有火
愤怒和快乐中有火
甚至爱与恨之间也燃烧着火焰

火，熊熊烈烈
从血液燃烧到肌肉
从心灵燃烧到骨髓
把情义烧成冷却的钢铁
把善良烧成哭泣的灰烬
直到终结日

一一九

溅出一颗星球
说，这里是人类的居所
降下一块石头
说，这里是世界的中心
凝聚一团精血
说，这便是造化的迹象
选择一位文盲
说，这就是最后的先知
叙述一段章节
说，这里是经典的精髓
挖掘一处洞穴
说，这里是天堂的花园
浩瀚宇宙
天地日月只是沙粒几颗

你的精确就在于漩涡式的旋转
你的旋转在无尽的旋转之中
那旋转之心
那最中间的原点
会是什么呢？

第十九章　忧郁的蓝色阴影

一二〇

你一定从森林的呼吸律动里
悟出真理的奥秘
摇曳中赞颂一种典仪
倾诉一种恩泽
你一定从蝴蝶的翅膀里
看见了斑斓绚丽的天象
撕裂的闪电和壮丽的山河
你一定从星宿的微光之间
计算沙粒般繁多的星系
分秒不差各行其道

一定有一些奥秘
就在宇宙的高座
就在每个人的血液里
时刻沿着一种指向
集合，运行或者破碎

或者……

一二一

敬畏而且遵循使命的人
将永居乐园的四条河边

水河边的人，从清澈的水里
映见心灵的密码
润泽亮丽的肌肤
乳河边的人，用鲜嫩的奶汁
甘霖血管的饥渴
沐浴圣洁的灵魂
酒河边的人，用金樽银杯
饮下葡萄苹果的酿酒
饮下花草百兽的酿酒
蜜河边的人，用甜润的蜜汁
洁净自己的肺腑
濯洗自己的身体

一二二

是灿烂的阳光还是蓝色的忧郁
谁看见了你回首的笑容？
是清澈的泉水还是混浊的洪流
谁看见了你暗中的眼睛？
是烈性的马驹还是温顺的羔羊
谁掀开了你帐篷的门帘？

是花前的誓言还是月亮的阴影
谁数落了你黎明的星辰?
是燃烧的火焰还是消融的冰河
谁敲开了你紧闭的心扉?

一二三

你不可能从我的眼睛里
看到眼睛深处的眼睛
更不可能看到涌动的泪泉
你不可能从我的肤色里
看到肤色深处的肤色
更不可能看到透明的心海
你不可能从我的语言里
捕捉到语言背后的语言
更不可能感受到润暖的倾诉
不可能！我不可能让你
在目光的阴影下蹒跚
在心灵的边缘里徘徊
在语言的花朵上陶醉

不可能！你还是寻求
一眼就能望穿的风景
一句就能说清的梦话

一二四

最终，我们将失去父母

那也不要哭泣
静静地坐在最熟悉的核桃树下
想想他们牵你走路的手
他们的喜悦和泪水
也会失去我们的家园
那也不要悲伤
看看曾经流淌过汗水的打碾场
想想老榆树下的情歌
高山顶上的伫望
我们还会失去自己
那也不要痛苦
轻轻地把自己置入村庄的高地
想想自己筑就的屋宇和树林
孩子童年时的目光和歌谣

最终，失去的终会失去
我们无言面对

一二五

有一种神圣无比的光环
是我用一生的苦难
力量和悟性
编织的九十九色光环
我深深地藏着它
用生命的血和纯洁的梦
护着它

让它变幻得更加绚丽斑斓
让它从我脚下延伸到彼岸的树下
你怎能知道那条河流？
那里流淌的是火
澎湃的是火焰的浪涛
你怎能知道那树下的情景？
那里有酒河，牛奶和蜂蜜的河流
静静流过
音乐响起，月亮般的美女翩翩起舞
你怎能知道光环的边缘？
处处都是花园

一二六

卑鄙者用卑鄙的目光注视你
虔诚者用虔诚的心灵感化你

肮脏者用肮脏的双手玷污你
忧伤者用忧伤的歌声感染你

而你或者我
或者诗人。匠人。乞丐和伎俩者
怎样击伤卑鄙者的目光
肮脏者的双手？

第二十章　重叠的伤感与痛楚

一二七

阿尔金山北侧风雪交加
峭壁之上
黑色之鹰低声哀鸣
地球北端西伯利亚的寒流
刚刚席卷了一座村庄
猎手的眉毛和胡须冻成了冰
匍匐森林里的人
树木之间寻找踪迹
城市灯光下持盏把酒的人
可否看清划过夜空的一道红光?
此刻，我依旧怀揣花朵
期待遥远的祝福和亲人的消息

一二八

竟把祖先的火
烧得如此精美
火焰般美艳端庄的女子
火焰般赤诚明亮的眸子
火焰般烈烈焚烧的心愁
火焰般锋利见刃的语言
火焰般驰骋原野的烈马

火焰般愈拨愈旺的情歌
火焰般升腾的生活和日子
火焰般轻渺飘逸的衣裳
火焰般矗耸高台的房子
火焰般的情，火焰般的手
火焰的翅膀
火焰的风和雨
火光冲天的撒马尔罕屠城
撒拉尔女子红色的忧郁
艳丽的宿命

一二九

窗之外，雪仍在下
覆盖了楼宇和道路
飘飘洒洒，漫不经心
仿佛向大地倾诉一种孤寂和美
远处很静
偶尔有顽童的嘶喊声
也有几只灰鸟起飞，但不飞远
我在午后的雪里很孤寂
而心情很好
也有一种雪色般纯洁的美
不断涌现
总让人想起白色的达斯达尔
雪仍在下：我的孤寂
随着雪花飘落

以水的形式融入大地

一三〇

谁想象过火狱?
那里生长的是火树
是火的森林
流淌火的河流
掀起火的浪花
起伏连绵的山体是火
没有雨雪，只有火峰
浩浩海洋都是火
火中汹涌着火，翻滚着火
猛兽的目光是火
牙齿和舌头喷射着火
喷射的烈焰
焚烧所有的欲望和黑暗
只在焰齿与焰齿之间
留下的缝隙
容下一个人的梦
和梦中的一道光

一三一

曾经想象的一种邂逅
不是淅淅沥沥的雨中
不是风雪交加的冬夜
不是在木桥

更不是夏季黄昏的泉边
杏花烂漫的深巷

曾经想象的一种邂逅
不是少年梦中的柳叶眉
不是黑瀑布般的披肩发
不是飘然楚楚的绿盖头
更不是河边的等待
不是羞色漫漫的回首

而是女子拐过巷口时低首的瞬间
红纱巾遮掩嘴角的一笑
农家院里倩倩的影子

一三二

那奥秘是掀起无法想象的风暴
在自己的轨迹里
燃烧，冷却，旷世沉寂
把血下成雨
把云凝成山
是无法感知的时光的雕刻
给生命打上烙印
腐化，融合，消失踪影
把土堆成山
把魂飘成雪
那奥秘在气息中流动

在浩瀚天象里被层层展开

一三三

总是在午夜时分
清点自己的伤痕
刻在心肌上的
黑色或者紫色的伤痕
似乎与角逐与仇恨无关
只有失去亲人的孩子
才能感觉灼痛的目光
这些年掉在眼泪里的伤痕
混浊不堪
仿佛还在肆意地流淌
始终涌动在岁月的阴处
一种潮湿和寒冷随时袭来
划在记忆里的伤痕
残缺而又美丽
始终翻滚着语言的风暴
撕裂心肺，吞噬骨血
巨灵般沉重的黑色浸漫身躯
雕在骨头上的伤痕
悬在思想里的伤痕
滴入血液里的伤痕
与善良和美一同绽放的伤痕
与邪恶与丑一同泛滥的伤痕
数数自己的伤痕

多少如血？多少如泪？

第二十一章　夕阳滴下血色的歌谣

一三四

我始终为天空深邃的蓝
莫名地冲动，动情地挥泪
相信天边出现远古的奇迹
曾为蓝色的裙子怦然心动
仿佛期待的喜悦
就隐藏在飘飘欲绽的裙花里
我对着高山高声呼唤
胸腔里全是蓝色的爱
还在没有黑暗和光明的蓝色前
揖别亲人和所有的生活
把自己沉入蓝色的光阴
让蓝色浸染肌肤
让蓝色渗透心灵
让蓝色在蓝色的祷词中
升华，深入骨髓

一三五

谁的忧郁在夕阳里滴血？
谁的忧郁在月夜里泼下凉水？
谁的忧郁在核桃树下唱起歌谣？

谁的忧郁渗入骨髓？
谁的忧郁为着一句情话流泪？
谁的忧郁骑一匹白马驰骋？
谁的忧郁与皱纹和发丝有关？
谁的忧郁披一身红袍独酌？
谁的忧郁燃尽黎明的烟蒂？
谁的忧郁沿着血管攀爬？

而我与蓝色的玫瑰有关
与蓝色的天际和蓝花瓶有关
与一位少年梦中的蓝色湖水有关
与青海以北蓝天下的一座山脉
一片草原有关

一三六

久久地凝视故乡的那座山
就会看见祖先额头上的皱纹
全刻在山峦和峭壁之上
静静地凝望故乡的那条河
就会听见撒拉尔的号子声
回荡在波涛与浪花之间
轻轻地走过故乡的村口
就能闻到少年时的炊烟
依旧在熟悉的小巷里弥漫

在故乡，乡音如一泓清泉

暖暖地流过心地
让人身不由己地蹲下身子
寻找儿时未曾找到的蚁穴
不得不把心贴在一面土墙
感受岁月的暖意
在故乡，刻骨铭心的记忆
是苹果树上的俏皮少年
用一种无形的语言伤害过佝偻者的罪恶

一三七

把身影和身影重新粉碎
再一次重叠之后
寻找七月夏夜的撒拉尔女子
把目光和目光重新磨砺
再一次对撞之后
寻找瞬间喷溅的火花
把声音与声音重新揉碎
再一次组合之后
寻找甜美呻吟的愉悦

我在你抬首的瞬间
看到纯粹无瑕的情感
正沿着细微的血管
一点点地泛潮
灼伤我心渊深处隐隐的痛

一三八

把最想说的一句话
停留在舌尖上就好
把最纯洁的一份情
贮藏在心灵深处就好
把最动人的一瞬
闪现在自己的夜空就好
还是让与情有关的所有语言
显得更加苍白一些
让与情有关的纯粹
腐朽得更快一些
让与爱有关的天空
就璀璨在自己的眼睛里

一三九

无论天涯海角
还是走到哪里
老家就在河边
涌动破碎的浪涛
无论沉默孤寂
还是坐在哪里
老家就在核桃树下
聆听久远的古歌
无论耕耘劳作
还是苦在哪里

老家就在麦地里
追逐少年的梦想
无论你在哪里
老家始终是自己的影子
不远也不近
不淡也不浓

一四〇

流淌而燃烧的血与火
一样是红色
一边是生命，一边是炼狱
纯净而浩瀚的水与天
一样的蓝色
一半是汗水，一半是眼泪
骚动而宁静的夜与头发
一样的黑色
一头是诱惑，一头是阴谋
成熟而凝重的秋天和月亮
一样的黄色
一面是孤独，一面是思念
健壮而温柔的我和你
一样的人
一个是男人，一个是女人

真神的注定竟如此精确

第二十二章　蝴蝶的翅膀真言璀璨

一四一

谁有过这样的
情景：泪水犹如暴雨倾泻而下
整个伤痕在血中裂开
骨髓中涌动
这样的风暴沿身体袭来
把心浸在其中
把爱浸在其中

这样的情景在午夜的窗口
蝴蝶般飞来飞去
美丽地触痛你的伤口
在盛开着牵牛花的坟头
一点点灼烧你的心灵
让你彻底地认识
大地的纹理和厚重

一四二

要往前走，要让着别人
谦卑一些，不要昂着头
不要左顾右盼
往前走

让别人走得更宽敞些
让更多的人脚下生风

要往前走
脚下不要踩着石子和草
它们的年龄或许比你还大
学会尊重
向该尊重的事物敬礼致意
活得更低一些
比别人的目光再低些
比自己的影子再低些
最好变成空气和水
看不到你，却离不开你

往前走，小心弯曲的路
小心冷风和冷石头
不要踩别人的身影
小心别人背后的目光

记住，活得再低
也低不过有些人爬行的目光

一四三

当你老去再也走不动的时候
请怀揣我的第十一部诗集
靠在藤椅

沐浴午后的阳光
阅读诗歌中隐藏的记忆
回忆生活的
片断：赤身畅游黄河的激情
发表第一首诗的豪言壮语
星光下倾听与叙述
一次痛苦的约会

当你老去再也走不动的时候
请收敛暴躁的性格
让目光含着慈祥和爱
把欠下的时光还给爱人
抚摸花白的头发
在皱纹与黯淡的眼神之间
寻找黄昏的金色

当你老去：就让孩子
学会接受死亡的消息
忍耐与坚韧
传授葬礼的典仪和朝向
告诉孩子：撒拉尔的黄金家族
一定要具备黄金品格的生活
黄金品格的葬礼和祷词

一四四

谁曾路过我的心？

睁开眼睛就看见你的脸庞
微笑褶皱了花瓣
凝视比太阳温暖

谁曾路过我的心?
一双透视心灵的目光
淋漓尽致的愤怒
数落星辰的午夜童话
刻入一生的金碑

谁曾路过我的心
孟达峡记忆的碎片里
依然是黑暗日子的篝火
留下忧伤的冷灰烬
任凭风吹雨打

谁曾路过我的心?
谁曾把血融入我的血管
在我的生活里无尽地重复
你骨骼中的骨骼
血性中的血性
火焰中最锋利的蓝焰

一四五

静下心时云彩飘得很轻
晴空万里

水依然清澈，沁人心脾
一匹白马在风中昂首
一首歌从嘴角滑落

静下心时旷野无雪
黑鹰不再寻觅猎物
只是巡视自己的领地
远方姑娘的歌声随风传来
帐篷里的酒已饮尽

静下心时
狼对着月亮长嗥
白羊闭起了右眼
黑牛睁开了左眼
世界倚山而眠

一四六

天空用手梳理大地的发辫
有时候轻柔得让你想哭
有时候粗犷得让你想笑
索性哭断情肠
肆意笑开浪花

河流用水撞击村庄的胸膛
宁静的时候让你低头无语
狂躁的时候让你昂首高歌

痛在骨子里
乐到心眼里

天空有天空的手在风中
河流有河流的姿态在水中

一四七

童年时，我就想把诗歌
变成一幅图画
让所有的人围桌而坐
祖父祖母坐最中间
聆听世界的风和风中的宣礼声

青年时，我就想把诗歌
刻入积石山壁
把最美的诗句刻在高处
让后来者隔岸朗诵
沐浴语言的雨和雨中的跪拜者

今天，我还想把诗歌
藏入心灵的深渊
编织天象的密码
让寻觅的足迹遍布天涯
流淌彼岸的泪和泪中的祈祷词

第二十三章　黄金品格的葬礼祷词

一四八

婴儿从饥饿中醒来
伊斯坦布尔郊区的墓地正在进行一场葬礼
披发女子跳起印度舞蹈
花儿泛起羞晕
临河的村庄晨钟敲响
东非的丛林深处
狮群为着领地嗜血角逐
有人听见了罗马斗兽场巨石间的呼吸
阿尼玛卿起飞了一只大鹰
撒拉尔姑娘眼角的羞涩刚刚消失
埃及金字塔向西倾斜了一点点
诵经者泪花飞扬
占卜者皱起眉头
匠人铸造通天的铁塔
非洲沙漠深处
部落的成人典仪正是高潮
相依相偎的鸟儿互诉情肠

此刻，一秒钟内
还发生了什么？

一四九

一滴血洗染黄昏
三首歌唱尽天涯
五声宣礼从黎明到午夜
额首花开，天撼地动

黄昏炊烟袅袅
天涯孤身冷月
午夜的女子口弦饮泪
思念花开，身影憔悴

两只手举过双肩
四条大河流过高地
六段颂歌从殿宇到心灵
天堂花开，日月欢舞

一五〇

唤礼声起：群山侧耳
云端之上，飞翔的鸟群停止嘶鸣
白骏马仰起头颅
花滴下泪。雨咳出血
孩童穆罕麦第一次用泉水洗濯七年的尘埃

门，轰然开启
主宰啊，该是降恩的时候了

该是恩泽淋尽灵魂与肉体的时候了

一五一

以诵读者的声音向你致安
向遍布屋宇和山林，守候人类与阴影的精灵致安
向粮食和水，向阳光和丰润的土地致安
向树荫，花朵，向善良者的手和目光致安
向坚韧者致安
向额首花开的人，梦想彼岸真光的人致安
向贫穷者，铺路者和虔诚者致安

一五二

七层天地之间找不到任何破绽
直到石头开花，月亮破碎
直到洪水毁灭的城市，毁灭心灵高地

我却从启示中感到燃烧的愤怒发出的沉鸣
何等凄惨悲哀，何等苦楚
确已看到了彩绒般消融的山体和沸腾的世界

沿着指向看：那里的呼号声连绵不断！

一五三

大灾难来临之前
整个大地如临雨季：人类，花朵，山川和森林
渴望洒下光泽，洒下阳光和爱

给黄金家族烙上尊贵的名分
给善良的男子和贞洁的女子
在鸽群与花朵搭建的廊檐下留一锥容身的居所
给延续的血脉以恩典的密语

一五四

怎能读懂隐入七万只蝴蝶翅膀的密码
七万双闪电的手从东向西依次张开
七万座错落开花的村庄依次宣礼
七万种落地成灵的智慧
把脸和心贴向大地，用伏地膜拜开辟一条道路
向西，向西。向世界的中心
祈祷七万段颂词

第二十四章　诗尾

三十三遍的清净是赞词
三十三遍的感赞是赞词
三十三遍的至大是赞词

清净者赞颂着清净
感赞者赞颂着感赞
知尊者赞颂着至大

风和雨
骨头和血

星宿和光明
自然有自然的感赞
身体有身体的感赞

九十九段颂词
浩浩天象，沙海宇宙
汇聚成一条永恒真理的河流

那是怎样璀璨的河流啊！

2014年6—11月创作于夏都大街
2017年7月25日第二稿修改定稿

后 记

短诗难写，长诗更难写。

长诗作为承载民族历史、信仰体验、文化传承的大篇幅书写叙述文本，因其体量和包容性而变得建构复杂又包罗万象。长诗的创作，既要涉猎社会、文化、宗教、哲学、历史、政治等学科，又要融入诗人的思想、观念、心理、情感、伦理等意识形态元素。还要以个人的独特视角，从社会性与个体性的和谐统一中挖掘、提炼，艺术地展现历史、文化和生活，充分体现地域和民族等一系列的文化符号，构筑自己独特的民族文化内涵。因而，长诗是个人体验的理性思考，自然规律的探询和伦理道德的追寻，又是一个民族或者整个社会的史诗性叙述和集体性记忆。长诗庞大复杂的体式，对诗人的思想、理论、实践、体验、素养等方面提出了更高的要求和严峻的挑战。

长诗的创作需要考虑文本的主题思想与独立风格，准确判断长诗所达到的现实影响和历史意义。其语言的精练度、维度、空间、诗性和技艺是体现整个长诗品质的关键。其工程的建构和解构，也只能属于少数善于思考的创作者、阅读者和研究者。

我始终认为：只有兼具火的才情和水的灵性的诗人，具有诗歌天赋和知识性、学术性的诗人，才能涉足长诗创作的尝试，也才有可能获得创作的成功。

这部《撒玛尔罕长诗选》是我二十多首长诗的选本，也是我近年来长诗创作的一次检阅。从百余行的《关于死亡》到近三千行的《东方高地的幻影盛典》，我不仅从量上艰难地征服着一座又一座高峰，而且在书写的题材上，从家园赞歌、民族历史、信仰体验和生命思考不断地探索和寻求。用长诗履行着为民族讴歌，为历史书写的光荣使命！无论得失，就算是自己的一次总结吧。

在这本长诗选即将付梓之际，特别感谢中国作家协会的少数民族文学出版扶持项目！感谢我敬重的诗人孙谦先生在百忙之中为选本书写序文！感谢我的责任编辑史佳丽、李亚梓女士的热情帮助！

韩文德

2017.10.5 在都市绿洲家中

图书在版编目（CIP）数据

撒玛尔罕长诗选 / 韩文德著. -- 北京：作家出版社，2017. 11
（中国少数民族文学发展工程·出版扶持专项丛书）
ISBN 978-7-5063-9786-5

Ⅰ.①撒… Ⅱ.①韩… Ⅲ.①诗集－中国－当代 Ⅳ.①I227

中国版本图书馆CIP数据核字（2017）第283846号

撒玛尔罕长诗选

作　　者：韩文德
责任编辑：史佳丽　李亚梓
特约编辑：张绍锋　郑　函
装帧设计：孙惟静
出版发行：作家出版社
社　　址：北京农展馆南里10号　　**邮　　编：**100125
电话传真：86-10-65930756（出版发行部）
86-10-65004079（总编室）
86-10-65015116（邮购部）
E-mail:zuojia@zuojia.net.cn
http://www.haozuojia.com（作家在线）
印　　刷：北京玺诚印务有限公司
成品尺寸：170×240
字　　数：117千
印　　张：13
版　　次：2018年5月第1版
印　　次：2018年5月第1次印刷
ISBN 978-7-5063-9786-5
定　　价：35.00元